Diogenes Taschenbuch 21253

de te be

Liam O'Flaherty

Tiergeschichten

Zusammengestellt und übersetzt von Elisabeth Schnack

Diogenes

Die vorliegenden Erzählungen sind dem Band
The Short Stories of Liam O'Flaherty,
Jonathan Cape, London, 1937, entnommen,
mit Ausnahme von ›Die Maus‹, ›Das Teichhuhn‹
und ›Der Seehund‹, die aus *Two Lovely Beasts*,
The Devin-Adair Company, New York, 1950, stammen.

Veröffentlicht als Diogenes Taschenbuch, 1985

60/85/29/1
ISBN 3 257 21253 4

Inhalt

Die Maus 7
The Mouse

Das Teichhuhn 14
The Water-Hen

Die wilde Sau 21
The Wild Sow

Drei Lämmer 27
Three Lambs

Die Wundergans 34
The Fairy Goose

Die Amsel 45
The Blackbird

Mord als Sport 50
Sport: The Kill

Der Rotbarsch 55
The Rockfish

Der schwarze Bulle 60
The Black Bullock

Der verlorene Sohn 66
The Lost Thrush

Der Seehund 72
The Seal

Der Haken 77
The Hook

Das alte Jagdpferd 82
The Old Hunter

Das Zicklein der Wildgeiß 93
The Wild Goat's Kid

Der Schmetterling und das Meer 104
The Foolish Butterfly

Die Beute 109
Prey

Der verwundete Kormoran 115
The Wounded Cormorant

Die eifersüchtigen Hennen 120
The Jealous Hens

Das Nest des Zaunkönigs 125
The Wren's Nest

Die Geburt 131
Birth

Ihr erster Flug 138
His First Flight

Der Meeraal 143
The Conger Eel

Der kleine weiße Hund 149
The Little White Dog

Er und sie 155
The Blackbird's Mate

Zwei Hunde 164
Two Dogs

Das schwarze Kaninchen 169
The Black Rabbit

Der Tod der Kuh 177
The Cow's Death

Der gestohlene Esel 182
The Stolen Ass

Die Maus

Ein kleiner schwarzer Kater spielte in der Sonne. Er schlug mit den Vorderpfoten auf ein Stück Packpapier und stieß es neben einem runden Blumenbeet über den Rasen. Er schlug zierlich zu, jeweils nur mit einem Pfötchen, und verfolgte es mit raschen Sprüngen, um sich dann wieder ins kurze Gras zu schmiegen. Der harsche Laut, den jeder Pfotenhieb auf dem Papier hervorrief, machte ihm Spaß.

Plötzlich verspürte er einen Drang nach wilder Bewegung. Er hieb mit beiden Pfötchen auf das Papier und hielt es fest. Dann stellte er sich auf die Hinterpfoten und schleuderte es in die Luft. Als es herabsegelte, streckte er die Krallen aus und schlug ungestüm danach. Während die Krallen es aufrissen, entstand ein schrilles Geräusch. Das regte ihn auf, und er tat, als fürchte er sich, und lief mit aufgestelltem Schwanz davon, so schnell er nur konnte.

Er lief um das halbe Blumenbeet herum und tat nun, als verfolge ihn ein Feind. Er sprang in die Blumen hinein, versteckte sich zwischen ihnen und duckte sich. Jetzt war er wirklich wild und auf einen Kampf versessen. Das Fell auf seinem Rücken sträubte sich. Er krümmte den Körper und war sprungbereit. Er war beinah erwachsen und hatte schon Jagdinstinkte.

Da ihn niemand in seinem Versteck aufstöberte, wurde

er des Spiels bald überdrüssig. Auf den Kampfeseifer folgte eine innige Freude an seiner Umgebung. Es duftete ringsum ganz köstlich. Blumen, die sanfter als sein seidiges Fell waren, berührten ihn auf allen Seiten. Der köstliche Duft und die weichen Blütenblätter weckten den Wunsch in ihm, etwas zu liebkosen. Er begann leise zu schnurren und sanft gegen die Blumen zu stoßen. Aber das regte ihn auf, und wieder verspürte er den Drang nach wilder Bewegung. Er wälzte sich und streckte sich und schleifte den Bauch über den Boden.

Plötzlich hörte er es rufen und setzte sich auf das Hinterteilchen. Der Ruf wurde wiederholt. Er stürzte aus dem Blumenbeet und in die Richtung, aus der er den Ruf vernahm. Dann sah er seine Mutter von der Hausecke her den Rasenhang herunterkommen. Sie lief ganz merkwürdig, fast war es ein Rennen, und dabei hatte sie den Rücken eingezogen und hielt den Kopf dicht über dem Boden. Sie trug etwas im Maul.

Der kleine Kater blickte sie überrascht an und miaute. Sie sah ihn und verhielt. Sie ließ das, was sie im Maul trug, fallen und stellte ihre Pfote darauf. Dann hob sie den Kopf ein wenig und rief ihn noch einmal. Der Laut, den sie ausstieß, war fast ein Grollen. Während sie miaute, waren ihre Zähne bis in die Winkel ihrer Kinnbacken bloßgelegt, und die Zunge schaute lang und rot hervor und schimmerte in der Sonne vor Feuchtigkeit.

Der kleine Kater wurde ganz aufgeregt. Er machte einen Luftsprung und galoppierte mit gebogenem Schwanz zu seiner Mutter. Als er näherkam, klopfte sie ein paarmal hintereinander mit der Pfote auf das Ding am Boden, das sie fallen gelassen hatte. Das Käterchen blieb stehen, duckte sich und beobachtete das Ding.

Es war eine kleine braune Maus, die sie erwischt hatte, als sie unter dem Küchentisch an einem Käsebröckchen knabberte. Sie war nicht verletzt, da die Katze noch nicht ihre Zähne in die Maus vergraben hatte, aber sie war vor lauter Angst und von dem Aufprall der Krallen, als die Katze sich auf sie stürzte, noch ganz betäubt. Als ihr die Katze jetzt auf das Hinterteil klopfte, bewegte sie sich unwillkürlich. Sie schleppte sich etwa zwölf Zentimeter über den Rasen und hielt dann inne, weil ihr Körper so zitterte, daß sie nicht weiterkonnte. Das Zittern war so gering, daß es nicht wahrnehmbar war, ausgenommen am Schnurrbart und an der spitzen Schnauze, die bei jedem verkrampften Atemzug nervös zusammenzuckte.

Sie lag jetzt beinah auf der Seite; der riesige Schwanz glich einer kahlen Wurzel und war lang ausgestreckt. Die braunen Flanken und der Rücken waren von der Berührung mit dem Katzenmaul naß geworden. An den feuchten Stellen war das Fell niedergedrückt und vom Zugriff der Katzenzähne wie eingekerbt.

Der kleine Kater folgte der Maus, sowie das winzige Tier sich zu bewegen begann. Anstatt mit der gebogenen Pfote nach der Maus zu langen und mit ihr zu spielen, wie er es sonst immer tat, lief er verwirrt im Kreis herum, von einem seltsamen Gefühl eingeschüchtert. Dann warf er sich platt aufs Gras und beobachtete interessiert den langen Schwanz. Er glich einer Schnur, die langsam weitergezogen wurde. Als die Maus innehielt, kam der kleine Kater ein bißchen näher, streckte die Pfote aus und tippte damit auf den Schwanz. Die Maus kroch noch ein paar Zentimeter weiter und lag dann still. Wieder tippte der kleine Kater auf den Schwanz. Diesmal bewegte sich die Maus nicht. Das Käterchen blickte seine Mutter an und miaute kläglich. Er wußte nicht, was er mit dem kleinen Tier anfangen sollte, das eine vertraute Schnur nach sich schleifte.

Die Katzenmutter saß, nachdem sie die Maus angestupft hatte, aufrecht da. Sie tat so, als interessiere sie sich weder für die Maus noch für ihr Käterchen. Sie begann emsig ihre Brust zu belecken. Als der kleine Kater miaute, gab sie das Lecken auf und wandte sich wieder der Maus zu. Mit wildem Grollen stürzte sie sich auf die Maus, nahm sie ins Maul und warf sie hoch in die Luft. Mit einem Luftsprung lief sie ihr nach und fing sie geschickt mit den Pfoten auf, fiel mit ihr zu Boden und überschlug sich. Dann ließ sie die Maus fallen und klopfte ihr derb aufs Hinterteil.

Durch die wilden Rufe, den jähen Flug durch die Luft und den derben Zugriff der Katzenpfoten wurde die Maus aus ihrer Starre gerissen. Sobald sie losgelassen wurde, begann sie quiekend zu rennen. Jetzt hatte die Furcht sie gepackt, und sie bemühte sich verzweifelt, zu entkommen.

Die Katze ließ sie ein paar Meter weit rennen und hoffte, ihr Käterchen würde es seiner Mutter gleichtun, die Maus verfolgen und sich auf sie stürzen. Doch der kleine Kater hatte das Spiel noch nicht begriffen. Er fürchtete sich noch immer vor dem seltsamen Gefühl, das durch den Geruch des braunen Körpers in ihm erregt worden war, der den schnurartigen Schwanz hinter sich herzog. Aus alter Gewohnheit folgte er der Schnur, klopfte mit der Pfote darauf und wandte den Kopf hin und her.

Die Maus rannte jetzt schneller. Die Katze sprang noch einmal vor, um zu verhindern, daß die Maus ihrem dummen Käterchen entwischte. Jetzt stemmte sie ihre Vorderpfoten kräftig auf den Rücken der Maus und kauerte davor. Dann blickte sie ihr Käterchen an, entblößte die Kiefer und murrte. Sie nahm den Kopf der Maus zwischen die Kiefer, richtete sich auf und murrte immer noch. Sie legte ein paar Schritte zurück, während ihr der lange Mäuseschwanz die Brust herabbaumelte und die bleichen, nackten kleinen Füße der Maus fieberhaft gegen ihr Maul trommelten. Sie duckte sich wieder, drehte den Kopf auf die Seite und legte eine Pfote auf den Körper der Maus, als wollte sie sie fressen. Der kleine Kater stieß einen Schrei aus. Die Katzenmutter ließ die Maus blitzschnell fallen und richtete sich auf, ging weiter und schnupperte ringsherum den Boden ab.

Endlich hatte es der kleine Kater begriffen. Als seine Mutter so tat, wie wenn sie die Maus fressen wollte, war die Mordlust in ihm erwacht. Der seltsame Geruch des braunen Mäusekörpers machte ihn ganz wild. Er verspürte den Drang nach heftiger Bewegung genauso wie vorhin, als er mit seinen Pfoten das Papier aufriß und sich wollüstig in den Blüten gewälzt hatte. Doch noch viel heftiger war die Leidenschaft, die ihn jetzt packte. Sein Körper wurde starr. Langsam rückte er vor – auf die eigentümliche Art, mit der seine Mutter den Rasenhang hinabgekommen war, mit krummem Buckel und gesenktem Kopf und herausgestreckter, feuchter roter Zunge. Ständig hob er die Vorderpfoten und schüttelte sie, um die verkrampften Muskeln zu lockern. Sein Hals reckte sich steif nach vorn. Der Schwanz schleifte dicht über dem Boden.

Die halb erwürgte Maus lag wieder wie in einer Starre da. Sie lag auf der Seite, die Füße in der Luft. Totenstill lag sie, ausgenommen die Schnauze, die bei jedem krampfhaften Einatmen nervös zuckte. Jetzt stand der kleine Kater über ihr, murrte wild und war im Begriff, sie mit den Krallen zu packen.

Plötzlich entstand ein furchtbares Getöse, so daß die Schnauze des kleinen Katers hörbar zuschnappte. Ein Hund hatte ohrenbetäubend gebellt. Das Käterchen schaute sich um und sah, daß ein großer weißer Hund mit schwarzen Flecken sich in rasendem Lauf näherte, und im Näherkommen bellte er. Sofort vergaß das Käterchen die Maus und seine Mordlust. Die überwältigende Größe des heranstürmenden Hundes und der ohrenbetäubende Lärm, den er machte, ließen den kleinen Kater entsetzt zusammenschrecken. Mit gesträubtem Pelz floh er fauchend zum Haus hinauf.

Die Katzenmutter wandte sich ebenfalls zur Flucht, aber nachdem sie ein kleines Stück gelaufen war, kehrte sie um und wollte die Maus holen. Noch ehe sie zur Maus kam, hatte der Hund die Katze erreicht. Sie warf sich auf den Rücken und streckte alle vier Füße mit den gespreizten Krallen in die Luft. Der Hund konnte sich nicht mehr bremsen und fiel auf sie. Sie zerkratzte ihm die Schnauze, und winselnd ließ er von ihr ab. Blitzschnell fuhr sie hoch und floh. Er folgte ihr im gleichen Tempo und hatte sie bald eingeholt. Sie balgten sich die ganze Strecke bis zu einem Lorbeerstrauch, wo die Katze in Deckung ging. Der Hund rannte um den Busch herum, bellte und scharrte den Boden auf.

Das laute Gebell und die wilde Flucht brachten die kleine Maus zur Besinnung. Sie drehte sich auf den Bauch und begann sich weiterzuschleppen. Ihren gelähmten Beinen gelang es nicht, den Körper zu tragen, daher mußte sie auf dem Bauch kriechen. Doch nach und nach faßte sie Mut. Endlich glückte es ihr, sich auf die Beinchen zu stellen, und sie fing an zu rennen. Sie wußte nicht, wohin sie floh, aber es war die dem Bellen entgegengesetzte Richtung.

Dann plötzlich warf sie sich platt ins Gras, weil ein neuer Schrecken sie bedrohte. Eine Frau kam über den Rasen gerannt und rief den Hund. Im Vorbeilaufen trat sie fast auf die Maus. Ein Weilchen lag die Maus ganz still und zitterte, bis die Stimme der Frau nur noch aus der Ferne herdrang. Nun rannte sie aus Leibeskräften, bis sie einen Schuppen erreichte. Sie kroch durch ein Loch unter der Tür und verbarg sich in einem Haufen Kleinholz.

Die Frau verjagte den Hund. Danach kam die Katze aus dem Strauch und lief, ärgerlich miauend, zu der Stelle, wo sie die Maus liegen gelassen hatte. Der kleine Kater rannte aus dem Haus und zu seiner Mutter. Gemeinsam schnupperten sie den Rasen ab und miauten zornig und mit krummem Buckel; den Kopf hatten sie dicht am Boden, und die Zunge schaute heraus. Sie konnten die Spur des Flüchtlings nicht wiederfinden.

Die Maus war mittlerweile vor Erschöpfung eingeschlafen und lag wohlbehütet zwischen dem Kleinholz.

Das Teichhuhn

Die Henne reckte ihr linkes Bein und legte ihren Flügel wie einen offenen Fächer daran entlang. Der Sonnenschein verwandelte die feuchten Federn in ein strahlendes Blau. Dann schwenkte sie herum, stand auf dem linken Bein und glättete im Sonnenschein den rechten Flügel, bis er schimmerte. Mit schleppenden Flügeln stand sie auf beiden Beinen, senkte den Kopf ein wenig und schüttelte ihre Schwanzfedern. Sie schüttelte sie ungestüm, wie eine Flagge, die Signal gibt. Dann begann sie mit schriller Stimme zu glucksen und rannte im Halbkreis herum, die Brust dicht am Boden und die Schwanzfedern gespreizt. Jetzt waren die Flügel wie ein Baldachin über dem glatten Rücken verschränkt, und die Spitzen deuteten zu dem gekrümmten Schwanz.

Von den beiden Hähnen, die am Ufer des Sees herumpickten, antwortete der eine mit einem eifrigen Ruf auf das Glucksen des Teichhuhns. Ohne ihre Flügel zu senken, blickte die Henne auf die Seite und sah, daß es der kleinere Hahn war, der ihr geantwortet hatte. Der große Hahn scharrte noch immer mit den sechs andern Teichhühnern: anscheinend interessierte er sich nicht für den Wink der Henne. Sie ließ sofort die Flügel sinken, schwirrte kräftig mit dem Schwanz und begann sich zu strählen.

Der kleinere Hahn lief die Rasenböschung zum Wasser hinab. Bis zur Sandbank, wo sich die Henne neben einem Grasschopf sonnte, war es sehr seicht. Er hätte das ganze Stück hinüberwaten können. Doch statt zu waten, flog er mit gewaltigem Flügel-Gestöber los, streifte im Flug die Wasseroberfläche und spaddelte gleichzeitig ungestüm. Als er ankam, gluckste er triumphierend. Er landete auf der Sandbank und lief mit ausgestreckten Flügeln und gesenktem Kopf auf die Henne zu. Sie wartete nicht, ihn zu begrüßen, sondern tat so, als wäre sie erschrocken, schwirrte hoch und flog zur Rasenböschung hinüber. Sie landete zierlich neben dem großen Hahn, der sie nicht beachtete. Er pickte noch immer sehr energisch weiter.

Der kleine Hahn, erregt von ihrem Gehabe auf der Sandbank, hielt ihre Flucht für ein kokettes Spiel und flog ihr in großer Hast nach. Verliebt glucksend, landete er auf dem Rasen und stürzte zu ihr. Abermals floh sie vor ihm und lief schutzsuchend hinter den großen Hahn.

Endlich geruhte der große Hahn davon Notiz zu nehmen, daß etwas im Gange war. Er hob den Kopf, gluckste zornig und schüttelte sein rechtes Bein. Dann blickte er auf den kleinen Hahn und ruckte ein paarmal mit dem Hals. Schließlich schüttelte er sich, stach mit dem Schnabel gegen seine Brust und begann wieder zu picken.

Die ganze Zeit über hatte der kleine Hahn stillgestanden und mit angespanntem Körper einen Angriff erwartet. Als der große Hahn wieder zu picken begann, gluckste er trotzig, ging auf die Henne los und kreiste sie ein. Mit demütig gesenktem Kopf und schleppenden Flügeln lief sie zum großen Hahn hinüber und kam ihm immer näher. Der kleine Hahn rannte ihr eiligst nach und lehnte sich, während er einen weiten Bogen beschrieb, wie ein Schiff auf die Seite, das im Wind krängt. Jetzt bemerkten es auch all die andern Hennen. Sie hoben die Köpfe und stießen zornige Laute aus.

Plötzlich hörte der große Hahn zu picken auf und griff den andern unversehens an. Der kleine Hahn wurde fast überrumpelt von dem Angriff, doch er machte noch gerade rechtzeitig eine Schwenkung und raste flüchtend durch die Hennenschar, die verwirrt auseinanderstob. Er strebte zum Wasser und stürmte mit größter Geschwindigkeit die Böschung hinab. Der große Hahn drehte sich um und folgte ihm. Sobald der kleine Hahn das Wasser erreicht hatte, breitete er die Flügel aus und schwirrte über die Oberfläche, wobei er auf das Schilf zuhielt. Der große Hahn war viel schneller. Er holte den kleinen Hahn schon ein Stückchen vor dem Schilf ein und zwang ihn, auf den See hinauszuschwenken, wohin er ihm folgte und ihn zu erwischen versuchte.

Wie Hase und Hund schlugen sie Haken und machten Bögen, huschten über das stille Wasser und hinterließen ein Labyrinth sich kreuzender Wirbel. Sie entfernten sich immer weiter, bis der große Hahn schließlich die Verfolgung aufgab und umkehrte. Der kleine Hahn suchte auf einem Inselchen Zuflucht.

Die Henne trippelte vor, um ihren Beschützer zu begrüßen, als er stolz die Böschung heraufkam, seine Brustfedern strählte und sich schüttelte. Sie bot sich ihm demütig an, mit gesenktem, auf die Seite gelegtem Kopf und gelösten Flügeln. Er ging vorbei, ohne die leiseste Notiz von ihr zu nehmen. Daraufhin trippelte sie weiter vor und bot sich ihm wieder und noch demütiger und mit schleppenden Flügeln an. Sie stellte sich ihm genau in den Weg. Er wandte sich zur Seite, schritt abermals an ihr vorbei und begann zu picken. Sie folgte ihm wie verzaubert mit den Augen, während sie sich langsam zu voller Größe aufrichtete und die Flügel an sich raffte. Dann wandte sie sich ab und machte ein paar Schritte zum Seeufer hin. Mit gesenktem Kopf stand sie dort und brütete lange Zeit vor sich hin, ohne sich zu rühren.

Dann hörte sie weit draußen auf dem See einen klagenden Ruf und hob den Kopf. Der Ruf kam von dem Inselchen her, auf dem der andere Hahn Zuflucht gesucht hatte. Gleich darauf sah sie ihn, wie er von der Insel wegflog und auf das Schilf zuhielt. Er flog nur eine kleine Strecke Wegs und landete dann auf dem Wasser. Während er auf dem Wasser ruhte, rief er noch einmal, und dann flog er wieder auf. Jetzt flog er ruhig und machte kein Geräusch, da er sich noch immer vor einem Angriff des großen Hahns fürchtete. Schließlich landete er im Schilf und stahl sich langsam zur Sandbank hinüber, wobei er scharfe, leise Rufe ausstieß. Die Henne wurde aufgeregt.

Die Sonne hatte jetzt ihren höchsten Stand erreicht. Ihre warmen Strahlen vibrierten von der Unrast und Gewalt des Frühlings. Die Henne spürte es. Schon den ganzen Morgen hatte sie es gespürt, seit sie im Schilf eine Stelle gefunden hatte, wo sie ihre Eier ablegen wollte. Sowie sie sich auf ein paar geknickten Schilfhalmen niedergelassen und mit dem Schnabel noch mehr Halme um sich gezogen hatte, spürte sie es. Mit der schmeichelnden Berührung des dürren Schilfs hatte die

Unrast begonnen. Jetzt spürte sie es noch viel heftiger: unbewußte und instinktive Reaktionen wurden ausgelöst. Sie dachte nicht mehr an den großen Hahn – sie dachte nur noch an die Stelle im Schilf, wo es so aufregend war, sich auf die geknickten, dürren Halme niederzulegen und sich einzukuscheln und die Berührung zu spüren. Sie wollte sich hingeben.

Während sie langsam am Seeufer zur Sandbank ging, begann sie fast unhörbar zu glucksen. Sie ging wie betrunken, blieb häufig stehen und blinzelte mit den Augen. Immer wieder streckte sie den Hals aus und warf den Kopf auf, als versuchte sie, etwas Dickes zu schlukken, das ihr in der Kehle steckengeblieben war. Sie hob die Flügel und fächelte sich den Rücken. Ihre Schwanzfedern bewegten sich ruckartig. Als sie an den Saum des Wassers trat, um durch die seichte Stelle zur Sandbank hinüberzuwaten, blieb sie stehen und starrte ins Wasser, als fürchte sie sich davor. Dann tauchte sie plötzlich hinein, und mit schwirrenden Flügeln wiegte sie sich bäuchlings von einer Seite auf die andre. Sie rannte ein kleines Stück und wiegte sich wieder. Dann rannte sie im Kreis herum, peitschte das Wasser mit den Flügeln und tauchte den Hals ein. Beide Hähne beobachteten sie jetzt aufgeregt.

Der kleine Hahn hatte sich bis auf die Mitte der Sandbank vorgewagt, wo er ständig wie besessen vor und zurücklief und sich scheute, näher zu kommen; seine kleinen Füße machten zierliche Muster im Sand. Der große Hahn stolzierte hochmütig ans Ufer hinab und gluckste zornig. Dann und wann blieb er auf einem Bein stehen, warf sich in die Brust und schüttelte seinen Kamm. Der

Henne, die wie toll im Wasser herumplanschte, gönnte er keinen Blick. Er warnte nur den kleinen Hahn, ja nicht näher zu kommen, doch der kümmerte sich nicht mehr um die Drohungen. Die Entfernung und der Paarungstanz der Henne im Wasser hatten ihn kühn gemacht. Außer sich rief er ihr zu.

Nun richtete sie sich im Wasser auf, glättete ihre Federn und watete rasch mit fügsam gesenktem Kopf ans Ufer. Der kleine Hahn verlor den letzten Rest von Furcht vor seinem Rivalen und lief ins Wasser, ihr entgegen. Diesmal wandte sie sich nicht ab. Sie ging gleichmäßig weiter, bis sie die Sandbank erreicht hatte, wo er sie auf die genau gleiche Art umtanzte, wie sie es getan hatte.

Jetzt stieß der große Hahn einen schrillen Ruf aus und kam quer übers Wasser auf die beiden zugerast. Der kleine Hahn fühlte sich durch seine vermutete Eroberung zur Tapferkeit angespornt, ließ von der Henne ab und drehte sich um, es mit dem Feind aufzunehmen. Mit dem Kopf voran ging er zum Angriff über, ehe der große Hahn sich sammeln konnte. Der große Hahn kippte um, und der kleine Hahn sprang auf ihn und bearbeitete ihn mit dem Schnabel, den Flügeln und den Füßen. Die Henne tat, als sei nichts geschehen, und ging weiter, bis sie zum Schilf kam. Sie schob sich hinein und sank in das unordentliche Nest, das sie am Morgen zusammengetragen hatte. Dann reckte sie den Hals, legte den Kopf auf die Seite und horchte auf das Kampfgetümmel. Sie erschauerte vor Entzücken.

Zwischen dem hohen Schilf war es kühl. Während die Hähne zeterten und ihre Schwingen beim Angriff durch die Luft zischten, lag die Henne da und spürte, wie die groben, trockenen Schilfhalme gegen ihren Körper scheuerten: das steigerte ihre fieberhafte Erwartung bis zur Ekstase. Plötzlich war nichts mehr zu hören, und sie fuhr besorgt zusammen und richtete sich etwas auf. Angstvoll lauschte sie ein paar Sekunden. Dann hörte sie in einiger Entfernung ein durchdringendes Glucksen. Es wiederholte sich ein paarmal und entfernte sich. Dann verstummte es völlig, und alles war still. Sie konnte die Qual des Wartens nicht länger ertragen, richtete sich zu voller Größe auf und reckte den Hals. Ganz in der Nähe hörte sie es leise und ärgerlich glucksen, und sie setzte sich rasch hin. Jetzt zitterte sie und schloß die Augen, hatte den Hals ganz in den Rücken gezogen und tat, als verstecke sie sich. Das Glucksen kam näher und klang schroff und knapp. Er rief sie! Sie gab ihm keine Antwort. Dann vernahm sie das Geräusch von Füßen und einem Körper, der leicht durchs Schilf streifte.

Sie konnte ihre Neugier nicht länger unterdrücken. Sie richtete sich auf, wandte den Kopf und sah, daß es der große Hahn war, der ihretwegen kam. Sein Kopf blutete, und ein paar seiner Federn hingen lose herunter. Sie richtete sich in voller Größe auf und stieß einen Schrei aus, als fürchte sie sich. Er sah sie, hob die Schwingen und stürzte verliebt glucksend auf sie zu. Sie tat so, als wollte sie vor ihm ausreißen, tiefer ins Schilf hinein. Aber sie lief nur ein kleines Stückchen, dann senkte sie den Kopf und erwartete ihn.

Im Nu war er auf ihr, und glückstrunken sank sie nieder.

Die wilde Sau

Old Nedda, der Fischer von Kilmillick, kaufte sich eines Tages in Kilmurrage ein Ferkel. Er steckte das Ferkel in einen Sack, warf es auf einen seiner Eselkratten und brachte es nach Hause. Es war erst sechs Wochen alt, ein kleines schwarzes Ferkel mit langem Rücken und großen Ohren, die ihm in die Augen fielen, und es hatte einen kleinen, nach oben stehenden Kringelschwanz.

Die Nachbarn wunderten sich, als sie hörten, daß Neddy ein Ferkel gekauft hatte, denn er war ein alter Mann und wohnte allein in seiner Hütte mit nur einer Kammer und der Küche, und Land hatte er keins, bloß ein kleines Fleckchen vor der Haustür, auf dem er genug Kartoffeln erntete, um das Jahr über damit auszukommen. Er trank auch sehr gern, und sobald er Geld in die Finger bekam, blieb er in Kilmurrage, bis er es vertrunken hatte. Daher wunderten sich die Nachbarn, was über ihn gekommen sei, sich ein Ferkel zu kaufen. Ja, Martin Conroy ging sogar zu Neddy in die Hütte und sagte zu ihm: »Nachbar, ich begreif's, du bist beschwatzt worden, das Ferkel zu kaufen, aber wenn du mir zehn Rotbarsche als Draufgeld gibst, will ich's dir um ein Pfund Sterling abkaufen.« Neddy zog den Hosenbund hoch, blickte Conroy aus seinen kleinen grauen Augen an und erwiderte, er solle sich aus seiner Hütte scheren.

Dann drohte er ihm mit der Faust und rief ihm nach: »Ich hab Geld, solange ich das Ferkel habe, und deshalb habe ich's gekauft. Und von mir aus könnt ihr allesamt zur Hölle fahren!«

Er machte in der Ecke seiner Küche ein Strohlager für das kleine Ferkel und sägte den unteren Teil eines Fäßchens ab, in dem er sonst seine Fische eingesalzen hatte: daraus machte er dem Ferkel einen Trog. Eine Zeitlang kümmerte er sich sehr um das Ferkel und gab ihm viel Kartoffeln, getrockneten Fisch und auch Sauermilch, wenn er sie von den Nachbarn bekommen konnte, so daß es zu einer großen fetten Sau wurde, noch ehe es sechs Monate alt und gut zu verkaufen war. Doch als ein Viehhändler kam, der die Sau besehen wollte und Neddy nach dem Preis fragte, erwiderte Neddy, er solle sich aus der Hütte scheren. »Ich hab Geld, solange ich das Schwein habe, also behalte ich's.«

Das war im April, und die Sau hatte Neddys Kartoffelvorrat ratzekahl aufgefressen und obendrein noch die getrockneten Fische, deshalb schickte Neddy die Sau auf den Grasstreifen am Wegrand hinaus und sagte zu ihr: »Jetzt ernähr dich selber oder fahr zur Hölle!«

Die Sau wanderte den ganzen Morgen auf dem Weg umher und schnüffelte an allem, und wenn ein Pferd oder ein Bauer mit einer Kuh vorüberkam, dann schnaubte sie wütend und rannte eine kurze Strecke, daß ihr die Fußgelenke unter dem Gewicht des schweren Körpers so laut knackten, wie wenn harter Zwieback zerbrochen wird. Sie wühlte unter den Grasbüscheln, so daß ihr Kopf bis zu den Augen mit Lehm verkleistert war. Gegen Mittag dann, um die Fütterungszeit, trottete sie zur Hütte zurück, aber die Tür war zugesperrt. Ein Weilchen wartete sie grunzend vor der Tür, spitzte die Ohren und lauschte auf jedes Geräusch, schnupperte mit zuckender Nase in die Luft und warf hin und wieder ärgerlich den Kopf hoch. Dann, als niemand kam und ihr aufmachte, begann sie vor Hunger zu jammern. Sie stand ganz still da und jammerte, bis Neddy in der Dämmerstunde zurückkehrte und sie in die Hütte ließ. Er gab ihr nichts weiter als Fischgedärm und Kartoffelschalen. »Von jetzt an«, sagte er zu ihr, »kannst du allein für dich sorgen, daß dich der Teufel ... !«

Das ging so vierzehn Tage lang, in denen Neddy auf Fischfang ging, und die Sau wurde magerer und vor Hunger ganz wild. Sie fing an, Gras vom Straßenrand zu fressen, und durchstreifte die Geröllhalden, wo sie Brennesseln und überhaupt alles abrupfte, was ihr in die Quere kam. Sie schnaubte jetzt nicht mehr, wenn ihr Pferde oder Kühe begegneten. Ihre Borsten wurden starr und steif, und ihre Ohren waren nicht länger zart und durchsichtig. Die Augen waren vor lauter angetrocknetem Schmutz kaum noch zu sehen. Meistens rannte sie morgens aus der Hütte fort und kam nicht vor Anbruch der Dunkelheit wieder in ihre Nähe.

Zuerst streunte sie beim Dorf Kilmillick herum, fraß Gras und Brennesseln, wühlte die Erde nach Wurzeln um und kaute an allem, was sie auf dem Abfallhaufen fand: an alten Fischgräten, Lumpen, Stiefeln und Kartoffelschalen.

Als der Sommer kam, lockten die Hitze und die langen Tage sie weiter fort, an die Bucht hinunter und über die Heckenwege und auf die Straße nach Kilmurrage.

Oft kehrte sie zwei oder drei Tage hintereinander überhaupt nicht in die Hütte zurück, sondern verbrachte die Nacht zwischen den Sandhügeln der Bucht unten, wo das Wildgras sehr süß war und wo das Meer manchmal zusammen mit dem Tang einen Hundsfisch oder ein Stück Makrele angeschwemmt hatte. Ihre Borsten waren jetzt so steif und dick wie Nadeln, und die schwarze Haut zwischen den Nadeln war in der Sonne rissig geworden und trug mancherlei Narben, weil die Hunde sie gebissen oder die Jungen sie mit Steinen beworfen hatten, wenn sie sie auf den schmalen Heckenwegen in die Enge treiben konnten. Ihr Fleisch hatte sich überall zu Muskeln verhärtet. Sie war so mager wie ein Hetzhund und fast so groß wie ein einjähriger Esel.

Gegen Ende des Sommers kam wieder ein Viehhändler zu Neddy und fragte ihn, ob er die Sau verkaufen wolle. »Sie ist jetzt nicht viel wert«, sagte der Viehhändler, »deshalb gebe ich ein Pfund für sie. Vielleicht kann ich sie ein bißchen zahm machen und einen Wurf Junge von ihr bekommen.« – »Scher dich aus meiner Hütte«, rief Neddy, »und fahr zur Hölle! Ich habe Geld, solange ich das Schwein habe, also behalt ich das Schwein.« Doch der Fischfang brachte in jenem Jahr nicht viel ein, und er mußte seinen Esel verkaufen, um Mehl für den Winter kaufen zu können. Noch immer wollte er das Schwein nicht verkaufen. »Es ist grad so wie Geld auf der Bank«, sagte er stets, »ein Schwein ist Geld. Das hab ich oft von meinem Vater gehört.«

Doch als der Winter strenger wurde und die Seewinde wütend über die Klippen fegten und der Gischt wie Schnee auf die Hütte fiel, konnte die Sau nicht mehr hinaus, sondern sie saß auf ihrem Strohlager in Neddys Küche und grunzte und jammerte vor Hunger.

Dann, an einem stürmischen Tag, ging Neddy nach Kilmurrage, um seinen getrockneten Pollack zu verkaufen. Er trieb das Schwein aus der Hütte und verschloß die Tür. Danach ging er fort. Die Sau streunte ein Weilchen herum, zitterte vor Kälte und war vor Hunger ganz schwach. Der Bauch saß ihr dicht unter dem Rückgrat, so daß sie wie ein sich reckender Kater aussah. Sie konnte im Dorf nichts Eßbares entdecken und kehrte deshalb zur Hütte zurück.

Vor der Tür kniete sie sich hin und begann unten zu nagen, bis sie ein Loch für ihre Schnauze gemacht hatte; dann schien sie toll zu werden und riß mit den Zähnen an der Tür und hämmerte mit dem Kopf dagegen, bis sie die Tür aus den Angeln gestoßen hatte, und nun zwängte sie sich darunter durch in die Hütte. Die Tür hing nur noch an einem Scharnier, und das rechte Ohr der Sau war von einem Nagel im Türpfosten bis zur Mitte aufgeschlitzt worden.

Sie stand grunzend in der Küche und hatte die Schnauze gesenkt. Aus ihrem Ohr tröpfelte ununterbrochen Blut nieder. Dann warf sie den Kopf hoch und stürzte sich auf Neddys Schlafkammertür. Sie steckte ihre Schnauze unten neben den Pfosten, stieß zu und sprengte die Schnur, mit der die Tür festgemacht war; so gelangte sie in die Schlafkammer. Neddys Kartoffeln lagen in der Ecke, und um sie her war ein Steinmäuerchen aufgeschichtet. Der Sack mit dem Mehl lehnte neben den Kartoffeln an der Wand. Seine getrockneten Fische waren auf Papierbögen unter der Holzbettstelle aufgestapelt. Die Sau begann zu fressen. Grunzend und den Kopf hochwerfend rannte sie vom Mehl zu den Kartoffeln und dann zu den Fischen, verschlang riesige Bissen, ohne zu kauen, und machte dabei einen Lärm wie ein Pferd, das seinen Huf aus dem Sumpf zieht. Schließlich stand ihr der Bauch auf beiden Seiten spitzig ab.

Dann blieb ihr eine Kartoffel in der Kehle stecken.

Als Neddy am Abend heimkam, fand er sie mausetot auf der Seite liegen.

Drei Lämmer

Der kleine Michael stand vor Tagesgrauen auf. Er versuchte, keinerlei Geräusch zu machen. Er aß zwei Butterbrote und trank eine Tasse kalte Milch dazu, obwohl er Butterbrot mit kalter Milch in aller Morgenfrühe nicht ausstehen konnte. Aber bei so einer Gelegenheit, kam es da wohl noch darauf an, was der Mensch aß? Er wollte nach draußen und zusehen, wie das schwarze Schaf lammte. Am Abend vorher hatte Vater gesagt, das schwarze Schaf würde bestimmt am Morgen lammen, und natürlich bekam, wer das Lamm zuerst erblickte, den üblichen Preis von drei Pfannkuchen.

Sachte klinkte er die Tür auf und stahl sich nach draußen. Es war besser, sein Bruder John merkte gar nicht, daß er ging. Er würde sonst sicher mitkommen wollen. Als er den Heckenweg hinunterrannte, streiften seine Ärmel gegen die immergrünen Büsche und wurden vom Tau durchnäßt; die Spitze seiner Kappe sah gerade noch über die Hecke und hüpfte auf und ab, indes er rannte. Er war in zu großer Eile, um das Gartentor zu öffnen, und riß sich vorne in den blauen Sweater ein Loch, als er drüberkletterte. Aber das war ihm einerlei. Zu seinem dreizehnten Geburtstag würde er ja doch einen neuen bekommen.

Von der Hauptstraße bog er nach links ab und lief

einen Karrenweg hinauf, der zum Weideland führte, auf dem sein Vater, der ein Amtmann war, die Preis-Schafe hielt. Der Weg war nur eine viertel Meile lang, aber ihm kam er endlos vor, und er stolperte dauernd über die herumliegenden Steine. Es war so schwierig, mit Schuhen an den Füßen auf Steinen zu laufen, aber er durfte noch nicht barfuß gehen, dazu war es noch zu früh im Jahr. Er beneidete Klein-Jimmy, den Jungen des Knechts – der durfte das ganze Jahr hindurch barfuß laufen, sogar mitten im Winter, und er hatte so wunderbare Risse an den großen Zehen, sehr zum Neid aller kleinen Jungen in der Dorfschule.

Er kletterte über das Gatter, das aufs Weideland führte, klatschte in die Hände und rief: »Verdammt noch eins!«, ein Fluch, den er von Klein-Jimmy gelernt hatte und auf den er sehr stolz war. Er zog Schuh und Strümpfe aus und versteckte sie in einem Loch in der Hecke. Dann sprang er davon, und wenn er seine nackten Hacken hochwarf, sahen sie wie runde braune Taler aus. Das Gras war naß und die Erde hart, aber er redete sich ein, daß alles herrlich sei.

Durch eine Lücke kroch er aufs nächste Stück Land und sah ein Kaninchen, das Gras mümmelte. Sofort stand er still, und sein Herz klopfte wild. Zu dumm, daß er keinen Hund bei sich hatte! Das Kaninchen hörte auf zu fressen. Es spitzte die Ohren, machte Männchen und reckte den Hals, indes ihm die Vorderpfoten schlaff herabbaumelten. Dann ließ es sich fallen und streckte die Ohren nach vorn. Und nun legte es sich platt auf den Bauch, preßte die Ohren hinten ans Fell und lag still. Mit großem Geschrei stürzte der kleine Michael darauf los und bellte wie ein Hund, so daß das Kaninchen in scharfen Sätzen davonjagte. Nur der weiße Schwanz war im grauen Morgenlicht zu sehen.

Der kleine Michael ging auf das nächste Stück Land, aber die Schafe waren nirgends zu entdecken. Er stellte sich auf einen Grasschopf und rief dreimal »Schäfchen! Schäfchen!« Dann hörte er auf der nächsten Weide das »Mhääää!« und rannte weiter. Die Schafe standen auf den beiden allerletzten Feldern, zwei rechteckigen Weideflächen in einer Mulde zwischen Felsen und umgeben von hohen, dicken Mauern, die früher zu einem alten Fort gehört hatten. Auf der ersten Weide fand er zehn Schafe; sie standen dicht zusammengedrängt, starrten ihn an und hatten vor sich ihre fünfzehn Lämmer, die ihn auch alle anstarrten. Er zählte sie laut und entdeckte, daß das schwarze Schaf fehlte. Er keuchte vor Begeisterung. Vielleicht stand es auf der nächsten Weide und hatte schon das Lamm. Er hastete auf die Lücke zu, die auf die nächste Weide führte, trat aber behutsam auf, um ja keinen Lärm zu machen, und umging die Stellen, wo das Gras sehr hoch stand. Es war nicht gut, wenn man ein Schaf beim Lammen störte. Er spähte durch ein Loch in der Mauer, sah aber nichts. Da kroch er durch die Lücke und spähte um die Ecke. Das schwarze Schaf stand dicht an der Mauer und hatte die Vorderhufe auf einen kleinen Grasbuckel gestemmt.

Der Bauch der Alten war geschwollen und stand an beiden Seiten scharf ab; die Beine schienen den Körper kaum noch tragen zu können. Sie drehte den Kopf mit einem Ruck um und lauschte. Der kleine Michael hielt den Atem an und hütete sich, das kleinste Geräusch zu machen. Es war furchtbar wichtig, die Alte nicht beim Lammen zu stören. Er bog sich hintenüber und wollte sich hinlegen, da platzte ihm ein Hosenknopf ab, und er wußte, jetzt hielten die Hosenträger nicht mehr. »Verdammt noch eins!« fluchte er wieder und nahm sich vor, seine Mutter zu fragen, ob er nicht einen Gürtel anstatt der Hosenträger haben dürfe, so wie Klein-Jimmy. Dann kroch er noch weiter fort aus der Lücke, nahm die Hosenträger ganz und gar ab und machte einen Gürtel draus. Er schnitt ein, aber es war ihm wohler und männlicher zumute.

Dann schlich er wieder an die Lücke vor und spähte. Die Alte stand noch auf dem gleichen Fleck. Sie scharrte den Boden mit ihren Vorderhufen und ging im Kreis herum, als wollte sie sich hinlegen und traute sich doch nicht. Manchmal knirschte sie mit den Zähnen, was sich scheußlich anhörte, und dann entblößte sie die Kiefer und verdrehte den auf die Seite gelegten Kopf. Der kleine Michael hatte solches Mitleid mit ihr, daß es ihm fast wehtat, und er wunderte sich, weshalb die andern Schafe nicht kamen, um ihr Gesellschaft zu leisten. Dann mußte er nachdenken, ob seine Mutter wohl auch solche Schmerzen ausgestanden hatte, als sie letzten Herbst die Schwester Ethna bekam. Bestimmt, denn der Doktor war dagewesen.

Plötzlich ging die Alte in die Knie. Nur ein paar Augenblicke konnte sie sich so halten, dann stöhnte sie wieder, sank zu Boden und streckte sich lang aus, den Kopf auf dem Grasbuckel, das Hinterteil auf dem schrägen Hang. Der kleine Michael vergaß, daß sie Schmerzen hatte. Das Herz pochte ihm vor Erregung.

Er vergaß zu atmen, so eifrig mußte er zuschauen. »Oh«, flüsterte er. Die Alte streckte sich wieder und mühte sich auf die Beine; sie drehte sich einmal im Kreis, stampfte dabei mit den Hufen auf und knirschte mit den Zähnen. Der kleine Michael ging langsam auf sie zu. Sie blickte ihn ängstlich an, doch litt sie zu sehr, um fortzugehen. Er riß die Fruchtblase ein und sah zwei kleine Pfoten hervorkommen. Behutsam packte er sie und zog daran. Die Alte stöhnte wieder und preßte mit aller Kraft. Das Junge fiel ins Gras.

Der kleine Michael seufzte befriedigt und rieb ihm den Körper kräftig mit den Fingerspitzen. Die Alte drehte sich um und beschnupperte ihr Junges, dann stieß sie einen seltsam zufriedenen Laut aus. Das Junge, dessen Körper noch mit gelbem Schleim bedeckt war, bewegte sich und versuchte aufzustehen, fiel jedoch wieder hin, und Michael fuhr fort, es zu reiben und steckte ihm den Finger in die Ohren und die Nüstern, um sie zu säubern. Er war so eifrig bei seiner Arbeit, daß er gar nicht merkte, wie die Alte sich wieder abwandte, und erst, als das Junge stehen konnte und er ihm das Euter zeigen wollte, merkte er, daß die Alte sich hingelegt hatte und noch ein Lamm warf. »Verdammt nochmal!« rief Michael, »sechs Pfannkuchen!«

Das zweite Lamm war weiß wie das erste, hatte jedoch auf dem rechten Ohr einen schwarzen Fleck. Michael rieb es wacker, unterbrach sich aber hin und wieder, um dem ersten Lamm auf die Beine zu helfen, da es herumstelzen wollte. Die Alte ging im Kreis um ihre Jungen herum, brummelte leise, beschnupperte jedes, doch ohne stehenzubleiben, und tat so albern wie ein Schulmädchen. Die harten Erdklumpen, die ihr an der Bauchseite im Fell klebten, klunkerten hin und her. Da griff der kleine Michael das Erstgeborene und versuchte, es anzulegen, doch wollte es durchaus nicht die Zitze nehmen, sondern bohrte seinen Kopf ins Fell der Alten. Nun steckte Michael ihm einen Finger ins Maul, und mit der andern Hand gelang es ihm allmählich, die Zitze nachzuschieben. Dann drückte er auf das Euter, und die heiße Milch spritzte dem Lämmchen ins Maul. Es wakkelte mit dem Schwanz, stieß den Kopf vor und begann zu saugen.

Der kleine Michael wollte nun auch das zweite Junge anlegen, als die Alte stöhnte und sich wieder abwandte. Er zeigte ihr das Junge und sagte: »Armes Schäfchen, armes Schäfchen!«, aber sie wandte sich ächzend ab, knirschte mit den Zähnen und zerstampfte den Boden. »Verdammt nochmal!« rief Michael, »sie bekommt noch ein Junges!«

Die Alte legte sich wieder hin, streckte die Vorderpfoten von sich und überdehnte den Kopf nach rückwärts, und dann kam ein drittes Lamm zur Welt, ein schwarzes.

Nun sprang sie flink auf die Füße und hatte ganz hohle Flanken. Sie schüttelte sich wie wild und fing dann, ohne sich um die Lämmer zu kümmern, gierig zu grasen an, wobei sie sich nur selten unterbrach, um kurz »Mhäää« zu blöken.

Der kleine Michael war vor Begeisterung ganz hin und rieb das schwarze Junge so lange, bis es stehen konnte. Dann brachte er alle drei Lämmer ans Euter der Alten, die fraß, was sie erreichen konnte, ohne die Füße zu bewegen. Hin und wieder beschnupperte sie eins ihrer drei Lämmer. »Verdammt nochmal«, wiederholte Michael dauernd und dachte, wie berühmt er jetzt würde: sicher würde mindestens eine Woche lang von ihm geredet werden. Es kam nicht jeden Tag vor, daß ein Schaf drei Lämmer warf.

Er führte sie an eine geschützte Stelle dicht an der Mauer. Mit einem Grasbüschel wischte er sich den Schleim von den Händen. Er machte sein Taschenmesser auf und schnitt der Alten die schmutzige Wolle am Euter fort, damit die Lämmer nichts davon verschluckten und starben. Dann warf er ihnen einen letzten Blick zu und wollte gehen.

Er stand schon an der Lücke, fuhr aber plötzlich zusammen. Er sprang schleunigst zu den Lämmern zurück und untersuchte sie alle drei. »Drei Schafe!« staunte er. »Kein einziges Böckchen dabei! Verdammt nochmal, das ist noch nie passiert! Vielleicht schenkt Vater mir jetzt einen Schilling!«

Er trabte nach Hause und bellte vor Freude wie ein Hund.

Die Wundergans

Eine alte Frau namens Mary Wiggins bekam von einer Nachbarin drei Gänseeier, um Güsselchen ausbrüten zu lassen. In einer Holzkiste machte sie ein Strohnest und setzte eine alte Gluckhenne auf die Gänseeier. Die Glucke war keine gute Bruthenne. Dauernd lief sie von den Eiern fort, wahrscheinlich, weil sie ihr zu groß waren. Da sperrte die alte Frau sie einfach in die Kiste ein. Zwei Tage bevor es an der Zeit war, daß die Schalen aufbrechen sollten, starb die Henne auf den Eiern – entweder vor Erschöpfung und aus Luftmangel oder aus purer teuflischer Bosheit.

Die alte Frau vergoß vor Ärger Tränen, sowohl aus Kummer über den Verlust ihrer Henne als auch aus Angst, die Güsselchen zu verlieren. Sie wickelte die Eier in Stroh und alte Lappen und legte sie in der Küche in die Nähe des Kaminfeuers. Zwei Tage darauf brach ein Ei, und ein winziges Güsselchen steckte seinen Schnabel hervor. Die beiden andern Eier waren unbefruchtet. Sie wurden fortgeworfen.

Das kleine Güsselchen war ein knochiges Ding und so fein und zart, daß die alte Frau es aus Mitleid umbringen wollte. Aber ihr Mann sagte: »Du darfst doch nichts umbringen, Kind Gottes, was unter deinem Dach geboren wurde! Das ist gegen das göttliche Gebot.«

»Wahr gesprochen, mein guter Alter«, sagte die Frau.

»Was zur Welt kommt, ist von Gott gesandt. Ihm sei Lob und Dank!«

Lange Zeit schien es ausgeschlossen, daß das Güsselchen am Leben bleiben würde. Es war den ganzen Tag in der Küche vor der offenen Feuerstelle, schmiegte sich in die Torf-Asche, schlief oder ließ ein schwaches Piepsen hören. Wenn ihm Futter hingehalten wurde, streckte es den Schnabel aus und pickte, ohne sich hochzubequemen. Allmählich wurde es jedoch kräftiger und lief nach draußen, wo es auf einem flachen Stein in der Sonne saß. Als es drei Monate alt war, zeigte sein weicher Flaum noch immer die gelbliche Farbe, obwohl andere, gleichaltrige Güsselchen im Dorf schon mit der großen Gänseherde zum Teich zogen und mit den Flügeln schlagen konnten und gegen Abend in das allgemeine Geschnatter einstimmten, womit sie die untergehende Sonne grüßten.

Das kleine Güsselchen wußte nichts von andern Gänsen, auch nicht, wenn es sah, wie sie an windigen Tagen in die Luft flatterten und mit großem Lärm von ihren Gehöften zum Teich flogen. Es strengte sich nicht an, eine Gans zu werden, und mit vier Monaten konnte es noch nicht auf einem Bein stehen.

Mit der Zeit begann die alte Frau zu glauben, das Güsselchen sei eine verzauberte Gans aus dem Lande der Feen. Nach einigem Hinundhergerede neigten auch die Frauen im Dorf zu dieser Ansicht. Es wurde beschlossen, dem Güsselchen rote und rosa Bänder um den Hals zu binden und Weihwasser auf seine Flügel zu sprengen.

Und so geschah es auch. Bald wurde das Güsselchen im ganzen Dorf als heilig betrachtet. Kein Junge wagte einen Stein nach ihm zu werfen oder ihm eine Feder aus dem Flügel zu rupfen, wie sie es stets bei den Gänsen taten, um sich Mastbäume für die Korkstücke zu verschaffen, die sie auf dem Teich als Schiffchen schwimmen ließen. Sowie es anfing herumzulaufen, erhielt das Güsselchen in jedem Haus Leckerbissen. Alle Leute im Dorf erwiesen ihm mehr Hochachtung als je einem seinesgleichen. Zu Mary Wiggins hatte es eine große Zuneigung gefaßt und folgte ihr überallhin, so daß auch Mary Wiggins in den Ruf kam, eine Frau mit besonderen Gaben zu sein. Jedermann ging mit seinen Träumen zu ihr, um sie sich deuten zu lassen. Sie wurde gebeten, den »Großen-Immergrün-Zauber« zu verhängen oder über den Flanken kranker Kühe den Schlangenknoten zu knüpfen. Und wenn Kinder krank waren, wurde das Güsselchen heimlich in der Nacht hingebracht und an einem feinen Halfter aus Roßhaar dreimal ums Haus geführt.

Dann wurde das Güsselchen ein Jahr alt, und noch immer war es keine Gans geworden. Sein Flaum war noch immer ein wenig gelblich. Es schnatterte nicht, sondern es piepste oft ganz seltsam. Anstatt den Hals zu recken und die Fremden anzuzischen, wie es jede rechtschaffene Gans tut, legte es den Kopf auf die Seite und stieß so komische Töne wie eine Ente aus. Es sinnierte wie ein Huhn, war wasserscheu und putzte sich durch Herumwälzen im Gras. Es nährte sich von Brot, Fisch und Kartoffeln. Es trank Milch und Tee. Es vergnügte sich damit, Lappen, Gräten, Nägel und Miesmuschel-Schalen, die neben dem Misthaufen herumlagen, für sich zu hamstern. Diesen Abfall stapelte es linkerhand von

Mary Wiggins' Haustür auf. Und als der Stapel hoch genug war, grub es sich in der Mitte ein Nest und setzte sich hinein.

Die alte Mary Wiggins hatte inzwischen gemerkt, daß ihre Gans Gold wert war. Sie war fest überzeugt, daß sie mit übernatürlichen Kräften begabt war. Als Entgelt für ihre Zauberei nahm sie allerhand entgegen: einen Meter weißen Wollfries für das Deuten von Träumen, ein Pfund Zucker für den »Großen-Immergrün-Zauber« und eine halbe Eselslast Kartoffeln für das Knüpfen des Schlangenknotens über den Flanken einer kranken Kuh. Bisher war sie eine lustige, freundliche Frau gewesen; jetzt gewöhnte sie es sich an, ihr Umschlagtuch dreieckig gefaltet zu tragen, so daß ihr der Zipfel bis auf die Fersen hing. Während sie die Straße entlangging, sprach sie vor sich hin, oder sie redete mit ihrer Gans. Sie machte lange Schritte, genau wie eine Gans, und verdrehte manchmal die Augen. Wenn sie einen Zauber verhängte, war sie fast von Sinnen und stieß unzusammenhängende Laute aus, wie etwa »bumm, rummm, tumm, krumm«.

Bald wurde es weit und breit im Lande bekannt, daß in dem Dörfchen eine sehr weise Frau und eine Wundergans lebten, und von weither kamen die Leute angepilgert – in der dunkelsten Nachtstunde und in der ersten Neumondnacht oder wenn die Springflut im Abnehmen war.

Die Männer begannen bald, den Hut zu ziehen, wenn sie am Haus der alten Mary Wiggins vorübergingen, denn seit der Heilung von Dora Foddys Kuh waren sich alle einig, daß die Gans tatsächlich ein guter und kein böser Geist aus dem Feenland war. Die Aufregung im Dorf und in der ganzen Umgegend war so groß, daß die Sache trotz allen Geheimhaltens schließlich doch dem Gemeindepfarrer zu Ohren kam.

Die Geschichte wurde ihm von einer alten Frau zugetragen, die in einem Nachbardorf wohnte. Vor dem Erscheinen der Gans hatte sie selbst Zaubersprüche verhängt – nicht aus eigener Kraft, sondern mit Hilfe ihrer verstorbenen Mutter, die vor langer Zeit die weise Frau der Umgebung gewesen war. Sobald der Priester alles erfahren hatte, sattelte er sein Pferd und galoppierte mit halsbrecherischer Geschwindigkeit zu Mary Wiggins' Haus hinüber, und seine Stola und das Brevier hatte er mitgenommen. Als er im Dorf eintraf, stieg er in einiger Entfernung von ihrem Haus vom Pferd, gab es einem Jungen zum Halten und hängte sich die Stola um.

Eine Anzahl Dorfleute fanden sich ein, und ein paar von ihnen versuchten, Mary Wiggins von weitem zu warnen, indem sie pfiffen, denn da sie wußten, daß sie sich alle an etwas beteiligt hatten, was die heiligen Gesetze des rechten Glaubens verboten, fürchteten sie sich, vor dem Priester zu Marys Haus zu laufen. Mary Wiggins und ihr Mann saßen in der Küche und flochten kleine Seile aus braunem Roßhaar, die sie als Zauber verkauften.

Draußen vor der Tür thronte hoch oben auf ihrem Nest die kleine Gans. Um ihren Hals trug sie rote und rosa Bänder und um die Beine schwarze Litzen. Sie war sehr klein, nur etwa halb so groß wie eine normale, gesunde Gans. Doch benahm sie sich elegant und anmutig und war gesittet und voll einer sehr bewußten Würde, die sich aus der Liebe und Hochachtung der Dorfleute so ergeben hatte.

Als sie den Pfarrer näher kommen sah, begann sie sanft zu schnattern und piepste auf die ihr eigentümliche Art. Sie stieg von ihrem Nest herunter und watschelte ihm entgegen, da sie einen Leckerbissen erwartete. Doch der Pfarrer streckte nicht die Hand aus, um ihr etwas hinzureichen und dabei, wie üblich, »*Beadei*, *Beadei!* – Komm her! Komm her!« zu rufen, sondern er blieb stehen und murmelte mit rauher, entsetzter Stimme einige Worte. Er wurde rot im Gesicht und nahm den Hut ab.

Da bekam es die kleine Gans zum erstenmal in ihrem Leben mit der Angst. Sie öffnete den Schnabel, breitete die Flügel aus und duckte den Kopf. Sie begann wütend zu zischen. Sie drehte sich um, watschelte zu ihrem Nest zurück, schlug mit den Flügeln und erhob ein lautes Geschnatter, genau wie eine richtige Gans, obwohl man sie vorher noch nie so laut wie eine richtige Gans hatte schnattern hören. Sie kletterte auf ihr erhöhtes Nest hinauf und blieb dort platt liegen und zitterte heftig.

Das Tier, das sich noch nie vor Menschen hatte fürchten müssen und das noch nie unliebenswürdig behandelt worden war, schien durch das ungewöhnliche Auftauchen eines ganz in Schwarz gekleideten Mannes, der finster und murrend dreinblickte, so schrecklich erregt zu sein, daß seine tierische Natur durchbrach und sich in widerlicher Bosheit äußerte.

Die Leute, die dem Schauspiel zusahen, waren erstaunt. Ein paar nahmen die Kappe ab und bekreuzigten sich. Irgendwie wurde es ihnen offenbar, daß die Gans ein böser Geist sei und keineswegs die gute Fee, für die man sie allgemein gehalten hatte. Die Stola und das Brevier des Pfarrers schüchterten sie ein, so daß sie das seltsame Zischen und das noch seltsamere Schnattern der Gans nur zu gern übernatürlichen Kräften unheimlicher Art zuschrieben. Einige Anwesende glaubten sogar ein schwaches Donnergrollen im Osten wahrzunehmen, und eine alte Frau behauptete später – obwohl es damals niemand beobachtet hatte –, sie habe in der Ferne ein gewaltiges Gänsegeschnatter vernommen, das als Antwort auf das Geschnatter der verzauberten Gans angestimmt worden sei.

»Es waren gewißlich alle Hilfsknechte des Teufels«, sagte die alte Frau, »die ihr Hilfe anboten, um den heiligen Priester umzubringen.«

Der Priester wandte sich alsbald an die Leute, erhob drohend die rechte Hand und rief:

»Ich wundere mich, daß sich die Erde nicht auftut und euch alle verschlingt, ihr Götzenanbeter!«

»O Vater, Gesegneter des Herrn!« schrie eine alte Frau – die gleiche, die später behauptete, sie habe in der Ferne das teuflische Geschnatter gehört. Sie warf sich auf der Straße auf die Knie nieder und flehte: »Habt Mitleid mit uns, Vater!«

Die alte Mary Wiggins hatte die merkwürdigen Geräusche gehört und lief in den Hof hinaus. Das Dreiecktuch schleifte ihr nach, und das Haar hing ihr ums Gesicht. Sie machte unbestimmte, mystische Bewegungen mit den Händen, wie sie es sich letzthin angewöhnt hatte. Sie war noch in einer Art Ekstase befangen und gewahrte den Priester zuerst überhaupt nicht. Sie begann sogar ein paar Worte hervorzuleiern.

»Du Hexe!« rief der Priester und ging drohend auf sie zu.

Da erst erblickte ihn die Alte und schrie auf. Doch sie trat ihm dreist entgegen.

»Kommt nicht näher!« rief sie, noch immer in Ekstase, die entweder geheuchelt oder die Folge ihres festen Glaubens an ihre eigenen mystischen Kräfte war.

Es war tatsächlich schwierig anzunehmen, sie meine es nicht in vollem Ernst, denn sie war von jeher eine sanfte, freundliche Frau gewesen.

Ihr Mann stürzte nach draußen und rief laut. Als er den Priester erblickte, ließ er das Seilstückchen fallen, das er in der Hand hielt, und floh um die Hausecke.

»Geh mir aus dem Weg, du Hexe!« rief der Priester und hob die Hand, um sie zu schlagen.

»Geht weg«, schrie sie, »und untersteht Euch nicht, meine Gans anzurühren!«

»Geh mir aus dem Weg«, schrie der Priester, »oder ich verdamme dich!«

»Verdammt mich nur«, rief die unselige Frau, »verdammt nur immerzu!«

Der Priester versetzte ihr einen Schlag unters Ohr, so daß sie zu Boden fiel. Dann trat er zum Nest der Gans und packte sie. Die vor Entsetzen gelähmte Gans konnte nichts weiter tun als den Schnabel öffnen und ihn anzischen. Er riß ihr die Bänder vom Hals und zerrte ihr die Litzen von den Füßen. Dann warf er sie aus dem Nest. Danach ergriff er einen an der Wand lehnenden Spaten und begann, das Nest in alle Winde zu zerstreuen.

Die alte Mary Wiggins, die lang hingestreckt auf den Hof lag, hob den Kopf und begann die üblichen Sprüche anzustimmen, die von weisen Frauen hergesagt werden.

»Ich rufe die Winde von Osten und von Westen, ich hole die Winde der See! Blitze sollen am Himmel flammen, und es wird ein groß Getöse geben von Riesen, die in den Lüften kämpfen. Mehltau wird auf die Erde sinken, und Kühe werden Kälber mit Fischschwänzen zur Welt bringen...«

Die kleine Gans piepste, watschelte zu der Alten und wollte sich unter ihrem Umschlagtuch verstecken. Da begannen die Leute zu murren, denn sie erblickten darin ein neues Zeichen von Teufelei.

Der Priester warf den Spaten hin, riß die alte Frau hoch und gab der Gans einen Fußtritt. Die Alte, die nach ihrer Ekstase erschöpft war und vermutlich die Unterstützung ihrer Nachbarn gewinnen wollte, fiel in Ohnmacht oder spielte einen Ohnmachtsanfall. Ihre Hände und Füße baumelten schlaff herunter. Wieder murrten die Leute. Der Priester wurde verlegen und lehnte sich gegen die Hauswand. Dann wußte er nicht mehr, was er tun sollte, denn der Zorn hatte seinen Verstand überwältigt. Entweder schämte er sich, weil er die alte Frau geschlagen hatte, oder er empfand die Lage als gar zu lächerlich. Daher erhob er die Hand und sprach mit betrübter Stimme zu den Leuten:

»Laßt es euch zur Lehre dienen!« sagte er traurig. »Diese arme Frau und ... ihr alle ... habt euch in die Irre führen lassen durch törichte und...« Plötzlich schrie er mit zorniger Stimme: »Hinter allem steckt die Habgier!« Er schüttelte die Faust. »Diese Frau hat eure Gutgläubigkeit ausgenützt, um euch durch ihre angebliche Zauberei Geld aus der Nase zu ziehen! Weiter ist es nichts! Um Geld hat sich's gedreht! Aber ich warne euch! Wenn ich noch ein Wort darüber höre, dann...«

Er brach unsicher ab und überlegte, womit er den armen Armen drohen sollte. Dann fuhr er fort: »...dann werde ich es dem Erzbischof melden!«

Die Leute erhoben ein lautes Gemurmel und baten um Vergebung.

»Fürchtet Gott«, schloß er, »und liebet euren Nächsten!« Ärgerlich warf er einen Stein nach der Gans, schritt aus dem Hof und verließ das Dorf.

Doch die Leute begannen mächtig zu fluchen und drohten, sie würden das Haus der alten Frau niederbrennen. Nur die Verantwortlicheren unter ihnen, vor allem die, welche dem Aberglauben um die Gans bisher keine Ehrerbietung gezollt hatten, dämpften die Erregung. Schließlich gingen die Leute nach Hause, und Mary Wiggins' Mann, der sich in der Scheune versteckt hatte, kam hervor und führte seine Frau ins Haus. Die kleine Gans stieß ängstliche Rufe aus und begann, von neuem Abfall zu sammeln, um einen Haufen aufzustapeln und sich ein Nest zu bauen. In jener Nacht, bald nachdem der Mond aufgegangen war, scharten sich ein paar Burschen zusammen, zogen zu Mary Wiggins' Haus und lockten die Gans vom Nest, indem sie riefen: »*Beadei! Beadei!* Komm her, komm her!«

Die kleine Gans war entzückt, daß die Menschen wieder gut und ehrerbietig zu ihr waren. Sie watschelte ans Tor und stieß glückliche kleine Piepser aus.

Die Burschen steinigten sie zu Tode.

Und die kleine Gans gab keinen einzigen Laut von sich, so verwundert und entsetzt war sie über die Behandlung von Menschen, die sie einst geliebt hatten und denen sie nie etwas zuleide getan.

Am nächsten Morgen, als Mary Wiggins ihre tote Gans fand, bekam sie einen Wutanfall und verfluchte das Dorf, den Priester und die ganze Menschheit. Und es hatte wirklich den Anschein, als ob ihr lästerliches Gebet gewirkt hatte. Obwohl keine Riesen in den Lüften kämpften, ist es doch Tatsache, daß die Dörfler seit jenem Tage streitsüchtige Trunkenbolde sind, die zwar Gott fürchten, aber nicht ihren Nächsten lieben. Und die alte Frau sammelt wieder Anhänger unter den Frauen der Trunkenbolde. Sie alle erklären, daß in ihrem Dorf nur ein einziges Mal Friede und Eintracht geherrscht hätten, nämlich damals, als jedermann die Wundergans liebte und verehrte.

Die Amsel

Sie saß hoch oben auf einer Steinmauer und sang, so laut sie nur konnte. Sie wollte das schrille Gezeter der Spatzen übertönen, die im Efeu steckten, welcher die kleine Klippenwand hinter ihr überzog. Auf drei Seiten war sie von der kleinen Klippenwand umgeben, so daß um sie herum eine grüne, sanft abfallende Grasmulde war. Hinter der Mulde dehnte sich eine weite Ebene.

Sie streckte den Schnabel gen Himmel, und ihre Kehle schwoll, als sie ihre Stimme über das Tal verströmte. Das schrille Zirpen der Spatzen, das hinter ihr als wirres Gezeter ertönte, beleidigte ihr Ohr. Und doch freute sie sich, denn ihr eigenes köstliches Schluchzen erklang hoch über jedem andern Laut im Tal und erscholl in Hall und Widerhall. Als das Echo ihr die eigene Stimme wieder zutrug, deren lauten Jubel die einschließenden, zerklüfteten Klippen zu einem betörenden, leisen Silberklang gedämpft hatten, wurde sie so trunken vor Stolz, daß sie auf den zierlichen Füßen schwankte und mit den Flügelspitzen flattern mußte. Sie schloß die Augen und streckte den Schnabel wieder und wieder vor, um mit desto größerer Kraft singen zu können. Es war, als ob ihre Kehle schmelzen wollte.

Die Sonne war untergegangen. Das blaue Zwielicht im Tal wurde dunkler. Es war Zeit, schlafen zu gehen. Aber sie sang weiter, trunken vor Stolz. So hingegeben sang sie, daß ihr das jähe Schweigen gar nicht auffiel, welches sich auf all die singenden, zirpenden und zwitschernden Vögel hinter ihr gesenkt hatte. Ganz plötzlich war das Schweigen da – abgesehen nur von einem ängstlich fragenden, dauernd weiterwispernden Rotkehlchen, das auf dem felsigen Streifen Land unterhalb der Klippe von Stein zu Stein hüpfte und bei jedem Hüpfer seine Brust trotzig vorstreckte. Der Efeu in der Klippenwand war eben noch quicklebendig vor lauter Gezwitscher gewesen, und die Efeublätter hatten gezittert und geraschelt von all den Vögeln, die in ihm herumhuschten. Jetzt schwieg der Efeu. Kein Vogel rührte sich. Aber die Amsel oben auf der Mauer sang weiter.

Eine Katze war im Tal erschienen. Sie war über den oberen Rand der kleinen Klippe gekommen, stieg lautlos eine mit Moos ausgefüllte Spalte hinunter und lief dann flink unterhalb der Klippe weiter, bis die Vögel zu singen und zu zwitschern aufhörten. Sowie ihre Unterhaltung abbrach, blieb die Katze stehen. Stockstill blieb sie stehen, mit erhobener rechter Vorderpfote. Ihr langer schwarzer Körper war halb von dem Grasschopf verdeckt, durch den sie gerade geschlichen war, und ihre großen Augen glühten schon im Halbdunkel. Dann begann sie das Gras um sich her sachte mit der Schnauze anzustupfen, als ob sie es fressen wollte. Den Schwanz rollte sie unter sich zusammen. Sie legte sich langsam nur einen Augenblick nieder und schoß dann mit wild aufleuchtenden Augen flach über den Boden einen kurzen Sprung vorwärts. Sie sah die singende Amsel oben auf der Mauer, die quer zu ihrem Pfad verlief. Der Satz brachte sie an die Stelle, wo die Mauer mit der Klippe abschloß. Indem sie vorsichtig Pfote um Pfote auf das Gestein setzte und sie, um weiterzuklettern, bei jedem neuen Hochheben erst unschlüssig schwanken ließ, erstieg sie die aus Blöcken aufgeschichtete Mauer, bis sie fast oben angekommen war. Ihr großer runder Kopf mit dem Schnurrbart erschien über dem Rand und begann sich gräßlich langsam herumzudrehen. Wieder erblickten ihre Augen die Amsel, die etwa zehn Meter rechts von ihr saß und sang.

Die Augen der Katze blinkten, und ihr Kopf machte eine kleine gelangweilte Bewegung von einer Seite auf die andre, als ob sie einen Seufzer ausstieße. Sie beleckte eine Pfote. Dann zog sie mit einem jähen, erstaunlichen Satz den Körper lautlos auf die Mauerkrönung und hastete mit steil hochstehendem Schwanz etwa fünf Meter darauf entlang, und ihre Augen loderten in verhaltener Wildheit. Das Rotkehlchen stieß einen durchdringenden Schrei aus. Die Katze blieb wie angewurzelt stehen.

Die Amsel, die das Schweigen hinter sich spürte, platzte förmlich vor Eitelkeit. Sie glaubte, daß sie die Spatzen besiegt habe, und daß sie nun alle in verzücktem Schweigen ihrem köstlichen Gejubel lauschten. Sie hörte das Rotkehlchen aufkreischen und glaubte, der Warnungsschrei sei nichts als ein Ausruf eifersüchtiger Wut. Sie schüttelte sich und badete alle Federn ihres Kleides in dem leisen Lüftchen, das aus dem Tal heraufwehte und ihre runde Brust umspülte. Dann legte sie den Kopf so weit hintenüber, daß er fast den Rücken berührte, und brach in neues Getriller aus. Die Katze roch an dem kleinen dunklen Moospolster, das vor ihr auf einem Stein der Mauer wuchs.

Dann war es einen Augenblick völlig still. Das Rotkehlchen hatte es auf einmal mit der Angst bekommen und flog südwärts in die dunkle Wand hinein, die dort in der Ferne zu hängen schien. Die Amsel lauschte der Antwort auf ihre eigene Stimme, die der Widerhall ihr zutrug. Die Katze duckte sich ganz flach und bewegte den Kopf wie entschuldigend von einer Seite auf die andere. Die leise Brise zog kleine helle Rillen durch den dunklen Pelz auf ihrem Rücken. Dann bewegte sie sich weiter vor.

Sie bewegte sich im gleichen Augenblick vor, als die Amsel wieder mit ihrem Gesang anhob. Der lange schwarze Katzenleib, der sich über die spitzen grauen Steine vorschlängelte, sah dämonisch aus. Der Amsel entströmten aus voller Kehle in wildem Freudengeschmetter die trillernden Töne, während die Katze sich Zoll um Zoll näherschlich, bis sie schließlich auf Sprungweite herangekommen war. Ihr Körper zitterte und streckte sich dann in die Länge. Die rechte Vorderpfote sank auf den runden Stein und...

Gerade da traf ein Luftzug die Amsel von der Seite, so daß sie zusammenschauerte. Es war der erste Windstoß der Abendbrise. Er durchkältete sie, und sie begriff auf einmal, wie albern es war, hier bei völliger Dunkelheit noch zu singen, wenn alle andern Vögel schon zur Ruhe gegangen waren. Dann glaubte sie plötzlich, die Stille rühre vom Anbruch der Nacht her und nicht von ihrem wundervollen Gesang. Da war er ihr verleidet. Sie stieß noch drei laute, herausfordernde Triller aus und schwang sich auf – gerade in der Sekunde, als die Katze vorschoß, um sie zu packen. Eine Katzenkralle erwischte sie beim Schwanz, und drei Federchen flatterten davon, als sie mit vor Angst hämmerndem Herzen fortstob und sich nicht umzuschauen getraute.

Die Katze lag unten am Fuß der Mauer, wohin sie durch den vergeblichen Sprung gefallen war. Der Kopf lag auf der Seite; sie war halb auf das Hinterteil gestürzt und fauchte ergrimmt.

Die Spatzen im Efeu zwitscherten wieder.

Mord als Sport

In einer wilden Hetze kratzender Pfoten schoß das Kaninchen unter den flachen Felsblock. Sein rechtes Hinterbein ließ einen Steinhagel aus dem Geröll aufspritzen, im gleichen Augenblick, als die Schnauze des Hundes mit dumpfem Aufprall gegen den Eingang am entgegengesetzten Ende stieß. Der Hund jaulte und schlug infolge der Wucht seines verrückten Drauflosstürmens einen Purzelbaum. Das Kaninchen kroch durch die gerade Rinne im Geröll tiefer unter den Felsblock. Mit seinen Krallen machte es ein raspelndes Geräusch, während seine Beine eins nach dem andern den Körper weiterschoben. Es hinterließ eine Flocke seines braunen Fells. Auf halbem Weg hielt es keuchend inne. Es erblickte die schwarze Schnauze des Hundes, die am jenseitigen Eingang zuckte und schnüffelte. Mühsam zog es die Beine unter den Bauch und drehte den Kopf so weit herum, daß es beide Eingänge im Auge behalten konnte. Es wartete ab. Seine Flanken stießen beim Atmen gegen den Fels.

Ein Junge kam von links herangesprungen und hüpfte über die Steine, die den Hang bedeckten. In der Hand hielt er einen langen, trockenen Weidenstock. Er blieb auf einem Stein stehen und schaute sich um. Der Hund hob den Kopf, sah den Jungen an und wedelte, wild bellend, mit dem Schwanz. Der Junge jauchzte und sprang übers Geröll zu dem flachen Felsblock. Der Hund ließ ein Freudengebell hören, warf den Kopf in die Höhe und scharrte wie toll am Loch, ohne dem Gestein etwas anhaben zu können. Der Junge warf sich der Länge nach vor dem andern Eingang nieder, in den das Kaninchen hineingerast war. Er schloß ein Auge und spähte nach innen. Als sein Blick sich an das Dunkel gewöhnt hatte und er das Kaninchen sah, stieß er ebenfalls ein Freudengeheul aus.

Das Kaninchen, das nun auf beiden Seiten Feinde erblickte, wollte seinen Kopf in eine enge Felsspalte zur Linken zwängen, wo der Felsblock auf zwei kegelförmigen Höckern im Geröll auflag. Bis zu den Ohren kam es mit dem Kopf hinein, und weiter ging es nicht. Das Kaninchen blieb still liegen; das eine Ohr war umgeklappt, das andre lag flach auf dem Rücken, und der Ohrzipfel zitterte, weil der Atem des Hundes gegen das Ohr fächelte. Dann vernahm das Kaninchen ein schabendes Geräusch, das auf seine Hinterbeine zukam. Der Junge, der sich jetzt auf die Seite gelegt hatte, stieß den trockenen Weidenstock in den Gang hinein.

Die Spitze des Stockes tupfte sachte gegen das linke Hinterbein des Kaninchens. Sie glitt darüber hinweg und tippte an den Felsen. Dann drehte sie sich kratzend um und verfing sich im weichen Fell links vom Schwanz. Wieder drehte sie sich. Die Haut unter dem Pelz des Kaninchens strammte sich um die Spitze des Stockes. Das Kaninchen zuckte zusammen, verhielt den Atem und zog den Kopf plötzlich aus der Spalte. Es streckte bereits das rechte Hinterbein aus, um vor dem Stock davonzukriechen, als es genau vor sich am andern Ende des Ganges die rote Zunge des Hundes sah, die zwischen seinen weißen Fängen herunterbaumelte. Das Kaninchen wartete und hatte das rechte Hinterbein nah herangezogen; seine Barthaare zuckten; seine Ohren hatte es flach auf den geduckten Nacken gepreßt. Wieder scharrte der Stock und drehte sich herum. Das Fell auf der Bauchseite wurde zu dem Ball aus Fell und Haut gezogen, der sich um die Stockspitze bildete. Wieder drehte sich die Rute. Die weiche Haut zwischen den Hinterbeinen strammte sich nun auch.

Dann fluchte der Junge. Er hatte sich die Hüfte an einer Felszacke gestoßen. Er zischte wütend: »Hssst!« Der Hund stieß seine Schnauze ungestüm ins Loch und bellte. Das Bellen hallte durch den Gang, und der Pelz am Nacken des Kaninchens zitterte. Es schloß die Augen und ließ den Kopf hängen. Die Witterung vom Atem des Hundes war erstickend. Der Junge schöpfte tief Luft und versuchte wieder, den Stock weiter herumzudrehen. Seine verschwitzten Hände glitten an dem Weidenstock ab. Der Stock saß schon zu stramm, um noch weiter herumgedreht zu werden. Überall auf dem Körper des Kaninchens war die Haut jetzt so straff wie das Fell einer Trommel gespannt. Die Krallen an seinem rechten Hinterbein griffen mit solcher Kraft ins Gestein, daß die Spitzen abbrachen. Der Hund hob den Kopf und lief ein paar Schritte zurück, um an einer Schnecke zu schnüffeln, die übers Gestein kroch. Dann rannte er wieder vor das Loch, hob das linke Vorderbein und legte den Kopf auf die Seite.

Der Junge begann langsam und vorsichtig an dem Stock zu ziehen. Ein paar Sekunden lang geschah es so sachte, daß das Kaninchen gar nicht spürte, wie es hervorgezogen wurde. Dann plötzlich glitt sein rechtes Hinterbein, auf dem sein Körpergewicht ruhte, mit schabendem Geräusch nach rückwärts. Der ganze Körper begann zu gleiten und gegen das Gestein zu stoßen, und die Vorderpfoten schurrten über den Boden. Das Kaninchen war vom Schmerz zu benommen, um Widerstand zu leisten, und glitt langsam weiter. Der Hund schnupperte am Loch – erst vorsichtig, dann wütend. Er glaubte, das Kaninchen entwische ihm. Er schoß um den Felsblock herum zu dem Jungen, kläffte und steckte seine Schnauze zwischen das Gesicht des Jungen und das Eingangsloch. Dann winselte er und sauste wieder zu dem andern Loch zurück.

Das Kaninchen war noch etwa dreißig Zentimeter von der Hand des Jungen und von der Öffnung entfernt, als sich der Stock an einer Felszacke dicht vor der Öffnung verhakte. Der Junge fluchte und gab dem Stock einen Ruck. Er blieb unbeweglich. Dann stieß er ihn rückwärts. Als das Kaninchen spürte, wie das Ziehen nachließ, schob es seine Hinterbeine unter den Bauch. Jetzt versuchte der Junge, den Stock noch einmal herumzudrehen, um ihn dadurch loszubekommen. Er hatte ihn nur wenig gedreht, als schon die Haut auf dem linken Hinterschenkel des Kaninchens knacksend platzte. Das Kaninchen fuhr jäh mit dem Kopf auf und ab, schlug mit den vier Pfoten aufs Gestein in der Rinne und stürzte wild quietschend vorwärts. Der Hund klemmte sich mit dem ganzen Körper gegen das Loch und zerschnitt sich am Gestein die Schnauze. Der Junge sprang auf die Knie, packte den Stock mit beiden Händen und zerrte ihn vollends aus dem Gang: an der Spitze des Stockes hing ein großes Stück Kaninchenfell. Das Kaninchen kroch in seiner Qual blindlings weiter vor, ohne sich um den Hund zu kümmern. Der Hund zog die Schnauze zurück. Sein Schwanz stand starr ab. Ein ersticktes Quieken war zu hören – und dann ein feines Krachen, als die Fänge des Hundes sich in den Nacken des Kaninchens gruben.

Der Hund schwang das Kaninchen triumphierend über seinem Kopf, und der Junge sprang über den Felsblock. Er packte das Kaninchen bei den Hinterbeinen und gab dem Hund einen wütenden Fußtritt in die Rippen. Der Hund ließ das Kaninchen fallen und lief winselnd beiseite. Der Junge riß das Kaninchen in die Höhe, und in seiner Todesangst bäumte es sich auf. »Hssst!« zischte der Junge zwischen den Zähnen hervor.

Dann schlug er ihm am Felsen den Kopf ein.

Der Rotbarsch

Plopp! Das kegelförmige Bleigewicht am Ende der Angelschnur fiel ins Meer, ohne daß auch nur die kleinste Welle entstand. Es sank schnell durch das langhaarige Seegras, das unter Wasser an der Klippenwand wuchs. Es sank acht Meter tief und schlug dann in einer Nische hoch über dem Meeresboden auf Grund. Dort rollte es hin und her und blieb schließlich platt auf der Seite liegen. Der Mann auf dem Felsen oben holte die Angelschnur ein, bis sie straff war. Das Bleigewicht hüpfte zweimal auf und ab. Dann ruhte es kerzengerade auf seiner Spitze. Drei kurze Büschel aus steifem Roßhaar krümmten sich wie Fühler in gleichmäßigen Zwischenräumen an der Schnur oberhalb des Bleigewichts. Am Ende jedes Büschels steckte ein Haken, der ganz und gar mit Uferschnecken beködert war. Am untersten Haken zappelte eine kleine, durch den Bauch gespießte Krabbe. Die beiden oberen Haken hatten einen Überzug aus zerquetschten Krabben, die mit dünnen Fäden um die Uferschnecken gebunden waren. Diese drei beköderten Haken drehten sich ringsherum und glitzerten weiß zwischen den roten Strähnen des breiten Seegrases, das von seinen Wurzeln in der Klippenwand schlaff herniederhing. Dunkle Grotten am Fuße der Wand warfen lange Schatten über die Flut und die Haken. Kleine knollige Gewächse standen in Gruppen auf dem Grund und quirlten jedesmal, wenn sie sich rührten.

Der Mann, der oben auf dem Felsen saß, spuckte ins Meer. Er klemmte die Angelrute in die Achselhöhle seines rechten Arms und begann, sich gähnend die Pfeife zu stopfen.

Ein kleiner Rotbarsch schoß aus einer Grotte unterhalb des Felsens hervor. Er ließ seinen Schwanz umherflitzen, verhielt sich aber hinter einem riesigen Seetang-Blatt stockstill, sobald er den glitzernden Köder erblickte. Sein roter, schuppiger Leib hatte die gleiche Farbe wie der Seetang; er verjüngte sich zum schmalen Schwanz und zu dem dreieckigen Kopf hin. Lange starrte er die drei Köder an, ohne sich zu rühren. Seine Kiemen öffneten und schlossen sich regelmäßig. Dann schlug er mit dem Schwanz und glitt an den oberen Haken heran. Er berührte ihn mit dem Maul. Dreimal versuchte er furchtsam, anzubeißen. Dann schnappte er sich etwas von oben weg und schoß mit einem Stückchen Uferschnecke in die Grotte zurück. Der Mann auf dem Felsen setzte sich aufgeregt zurecht, warf die Pfeife beiseite, schnaufte laut durch die Nase und packte mit beiden Händen die Angelrute.

Mehrere Rotbarsche scharten sich um den kleinen Burschen in der Höhle. Sie wollten ihm das Stück Uferschnecke aus dem Maul reißen, doch er tauchte unter einen Felsenvorsprung und verschlang es hastig. Dann schossen alle Rotbarsche nach draußen zu den drei Haken. Die kleineren jagten hierhin und dorthin, drei mittelgroße standen vor dem oberen Haken und schnupperten daran. Sie versuchten, vorsichtig anzubeißen.

Ein kleiner Rotbarsch schwebte mit dem Kopf nach unten über dem untersten Haken und schnupperte, aber die Krabbe zappelte mit einem Bein, so daß der kleine Fisch in größter Hast davonflitzte. Alle andern Rotbarsche sausten hinter ihm her und in die Höhle hinein. Dann kam einer von den mittelgroßen allein zurück. Er schwamm zum obersten Haken und schnappte sofort zu. Er riß den ganzen Köder ab. Der Haken streifte seine Unterlippe, als er ihm aus dem Maul entglitt. Der Rotbarsch ließ den Köder fallen, schlug einen Purzelbaum und tauchte in die Höhle hinein.

Der Mann auf dem Felsen schwang seine Angelrute nach rückwärts über den Kopf und ließ sie mit einem Fluch nach vorne fallen, als er sah, daß die Schnur schlaff war. »Danebengegangen«, sagte er. Das Bleigewicht glitt wieder in die kleine Mulde unten. Ein Schwarm von Rotbarschen stritt sich um die Stückchen Uferschnecke, die dem mittelgroßen Burschen entfallen waren. Die Stücke waren zu leicht, um zu sinken, und schwebten herum. Sie verschwanden eins nach dem andern im Maul der Fische.

Ein riesiger Rotbarsch tauchte wie ein Räuber aus der Tiefe auf. Er stand an einer Felsenecke und beobachtete die Kleinen, die sich um die heruntergefallenen Köderstückchen balgten. Er war so groß wie alle andern zusammen. Er mußte wohl einen Meter lang sein, und in der Mitte war er so dick, wie eine Bulldogge um die Brust herum. Die Schuppen auf seinem Rücken schillerten in allen Regenbogenfarben. Sein Bauch war graubraun gefärbt. Eine Weile stand er still und betrachtete die Kleinen wie ein alter Bulle. Wenn seine Kiemen sich öffneten, zeigten sich tiefe rote Höhlungen. Plötzlich fuhr er zwischen die Kleinen. Sie flohen vor ihm in die Grotte zurück. Er verschlang die letzten Köderstückchen. Dann drehte er sich langsam zweimal um und schwamm dicht am Grund bis nah an den Haken heran. Er sah die Krabbe, die am untersten Haken zappelte. Im Nu hatte er Haken und Krabbe verschluckt, wandte sich ab und raste davon, hinab zu seinem Standort in der Tiefe. Das Bleigewicht sauste hinter ihm drein. Mit einem heftigen Ruck strammte sich über seinem Rücken die Angelschnur. Dem Mann auf dem Felsen wurde die Angelrute fast aus den Händen gerissen. Ihre Spitze berührte das Wasser. Nun hob der Mann die Rute über den Kopf und haschte nach der Schnur. Der Haken wurde dem Rotbarsch wieder aus dem Schlund gezerrt, doch verfing sich die Spitze dabei seitlich im Unterkiefer.

Infolge des Zerrens wurde der Rotbarsch herumgewirbelt und Hals über Kopf nach rückwärts geschleift. Mit zischendem Laut fuhr er durchs Wasser und geradewegs auf die Grotte zu. Doch dann straffte die Leine sich wieder, weil der Mann sie jetzt einholte. Der Rotbarsch wurde an der Klippenwand entlang nach oben gehievt. Er schnellte und sprang, und dadurch riß die dicke weiche Haut seines Unterkiefers etwas ein, in die sich der Haken vergraben hatte. Mit diesem Hautlappen hing er am Haken und wurde mitten durch das niederhängende Seegras weiter nach oben gezogen. Der Mann ächzte, während er ihn hochhievte.

Da verfing sich der oberste, jetzt köderfreie Haken in einem breiten Seegras-Blatt. Er schlitzte es bis zur harten Mittelrippe auf und blieb dort stecken. Der Mann zog und zog, aber er kam nicht voran. Der Rotbarsch hing erschöpft am untersten Haken. Der Mann stemmte den rechten Fuß gegen eine Felskante, lehnte sich hintenüber und zog aus Leibeskräften, wobei er die Angel in beiden auf den Magen gestützten Händen hielt. Der oberste Haken brach. Die Schnur schnellte hoch. Der Rotbarsch an der Schnur kam an die Oberfläche. Er versuchte mit weit offenem Schlund zu atmen. Dann schleuderte er sich in die Luft und tauchte kopfüber nach unten. Der herabhängende Hautlappen riß vom Unterkiefer ab. Der Rotbarsch war frei.

Der schwarze Bulle

Er war zwei Jahre alt, als er nach Inverara kam. Doch sein Leben lang war er hungrig gewesen, und er war nicht größer als ein Esel. Sein Herr war ein Bootsmann vom Festland, gegenüber von Inverara, und er hatte das schwarze Bullkalb für zehn Shilling gekauft, als es zehn Wochen alt war. Seine Mutter war an Kolik oder etwas ähnlichem gestorben (am bösen Blick, behauptete ihre Herrin, eine arme Witwe). Der Bootsmann besaß jedoch kein Land, und so wuchs der Bulle in der Nähe der Hütte auf und war eher an Kartoffelschalen und Brennnesseln gewöhnt als an Heu und Klee und grünes Gras. Tagsüber streifte er in dem kleinen Fischerdörfchen oder in der Nähe der Landstraße herum und wurde von Hunden verfolgt und von Kindern mit Steinen beworfen; nachts wurde er an einem eisernen Mauerhaken in seines Herrn Küche neben der Hoftür angebunden. Rings um seinen Hals, wo das Seil entlanglief, war eine tiefe Furche, und am tiefsten war die Furche unter dem Kinn. Denn die Dorfburschen, die seinen Herrn oft abends besuchten, unterhielten sich damit, dem Bullen eine Kartoffel vorzuhalten und dann auszuweichen, wenn der vor Hunger stöhnende Bulle sich den Hals danach verrenkte. Kleineren Jungen machte es Spaß, ihm Disteln in den Schwanz zu stecken, der aber nur knapp bis zur Mitte der Beine reichte. Doch der junge

Bulle war von Natur so gesund, daß er trotz aller Widerwärtigkeiten nicht bösartig wurde und trotz des Hungers ein glänzendes krauses Fell hatte. Hörner besaß er nicht. Die Stelle auf seinem Schädel, wo sonst bei Bullen die Hörner sitzen, war von eingetrocknetem Schlamm verkrustet, denn er hatte die Gewohnheit, den Kopf zum Spaß in den Morast zu stecken und sich wie ein Büffel zu sühlen.

Im Herbst, am Tag des Heidengottes Crom Dubh, brachte sein Herr ihn nach der Insel Inverara, damit er dort den Winter über weiden solle, in der Hoffnung, er würde fett und könne sich im folgenden Mai verkaufen lassen. Der Bootsmann übergab ihn einem Bauern in Coillnamhan, der Jimmy Hernon hieß. »Füttere ihn gut, Jimmy«, sagte er, »und wenn ich ihn nächsten Maitag wieder abhole, bringe ich dir die beste Bootsladung Torf, die je in einem Torfmoor gestochen worden ist!« Hernon nahm den Hut ab, spuckte sich in die Hände und schwor bei allen Heiligen, daß er dem Bullen den Bauch vollstopfen würde, selbst wenn sein eigener leer bliebe. Vor den Augen des Bootsmannes stellte er den kleinen schwarzen Bullen in ein Kleefeld neben seine eigene Kuh. »Da siehst du's«, sagte er. »Kein Mensch in Inverara würde deinen Bullen so gut behandeln.« Und der Bootsmann fuhr wieder aufs Festland zurück und schmunzelte sich eins über den guten Handel, den er gemacht hatte.

Kaum merkte der kleine Bulle, daß er frei in dem saftigen Klee herumlaufen konnte, da begann er gierig zu fressen und wedelte mit dem Schwanz und warf den Kopf hoch und schnaubte vergnügt. Als er zu fressen anfing, war sein Bauch so dünn, daß man eine Stricknadel hätte hindurchstecken können, aber er füllte sich so geschwind, daß er bald wie ein Fäßchen aussah. Mit der Kuh freundete er sich auch an, obwohl sie ihn zuerst mit den Hörnern fortgestoßen hatte, als er ihre Flanken beschnuppern wollte. Den ganzen Abend gingen sie nebeneinander das Kleefeld hinauf und hinab, und beim Abrupfen der Kleestiele machten ihre rauhen Zungen ein Geräusch, als würde Seide zerrissen. Am andern Morgen, als die Kuh den Kopf über die Mauer steckte und wiederkäute und manchmal muhte, weil sie gemolken werden wollte, stand der kleine Bulle neben ihr, mit halb geschlossenen Augen wiederkäuend, und war wunderbar zufrieden.

Aber Hernon kam mit seiner Frau zum Melken und begann fürchterlich zu fluchen, als er den prallen Bauch des kleinen Bullen sah. »Nein, so was!« schrie er böse. »Der frißt mir ja dreimal soviel wie unsre Kuh, der jämmerliche Wicht! Der muß mir auf die Klippe raus, aber sofort!« Und er jagte den kleinen Bullen aus dem Kleefeld und einen steinigen Weg bis zur Klippe hinauf und schlug dabei mit seinem Knüppel auf ihn ein, so daß der Bulle rannte und stolperte und brüllte und nicht begriff, was ihm widerfuhr. Dann überließ ihm Hernon als Weide eine kahle Felsplatte, die aufs Meer hinabsah, und ging davon.

Der kleine Bulle irrte lange auf dem felsigen Gelände umher und konnte auf den Felsbrocken und den spitzigen Steinen kaum vorankommen. Ein paarmal kostete er von dem kurzen Gras, das in den Felsspalten wuchs, aber es schmeckte zu salzig und herbe. Und die See donnerte so nahe, und die Felsplatte lag so hoch und ungeschützt und fing jeden Windstoß und jede Brise auf, so daß der junge Bulle völlig ratlos und voller Angst und Schrecken war. Denn er war es gewohnt, unter Menschen und in der Nähe von Hütten und bergendem Unterschlupf zu leben. Er fraß den ganzen Tag nicht, sondern verbrachte die Zeit damit, immer wieder im Kreis herumzuirren und nach einem Ausweg zu suchen. Das locker geschichtete Mäuerchen, das die Weide abschloß, war nicht hoch, und er hätte leicht hinüberspringen oder es mit der Brust einrennen können, wenn er sich dagegengestemmt hätte. Aber sein Entsetzen war so groß, daß er nicht genug Mut aufbrachte. Lief er an den Außenrand der Klippe, wo sie, von keiner Mauer geschützt, übers Meer hinausragte, dann mußte er dauernd erschrocken schnauben und seitwärts springen.

Dann kam die Nacht, und er fand nirgends Schutz vor dem bitterkalten Herbstwind, der von der See herwehte. Am andern Morgen war sein Fell von Tau und Gischt durchnäßt und der Bauch so leer wie bei seiner Ankunft auf der Insel. Im Laufe des Tages schien die Sonne immer kräftiger und wärmte ihn, so daß er hierhin und dorthin stieg, etwas fraß und sich halbwegs wohlfühlte, obzwar seine Hufe vom Herumlaufen auf den scharfen Steinen ihn schmerzten. Das beste Gras wuchs in tiefen Felsspalten, und um es zu erreichen, mußte er über den schwierigsten Untergrund klettern und manchmal sogar in die Knie gehen und den Hals tief in die Kluft hinabrecken. Als er genügend gefressen hatte, wollte er trinken, und auch das war schwierig, denn die kleinen Wassertümpel waren fast ausgetrocknet, und erst nachdem er sechs gefunden hatte, die weit zerstreut lagen, hatte er genug.

So verbrachte er eine Woche, ohne einen Menschen zu sehen, und von Tag zu Tag wurde er hungriger, durstiger und unglücklicher. Dann kamen drei streunende Ziegen auf seinen Felsen, blieben den Tag über und sprangen auf dem obersten Klippenrand herum. Er wollte sich mit ihnen anfreunden, aber als er in ihre Nähe kam, den Hals ausstreckte und schnupperte, stampften sie mit den Hufen und schnauften und liefen ihm davon. Gegen Abend sprangen sie leichtfüßig über eine niedrige Stelle im Mäuerchen und zogen weiter, nach Osten zu. Er stand lange an der Stelle, über die sie gesprungen waren, blickte ihnen nach und rief hinter ihnen drein, bis sie verschwunden waren. Da packte ihn die Wut, und er stemmte sich gegen die Mauer, stieß ein paar Steine herunter und zwängte sich unbeholfen durch die Lücke und auf die andre Seite hinüber.

Mit hochstehendem Schwanz rannte er in der Richtung weiter, in der die Ziegen verschwunden waren, bis er an einen Feldweg kam. Dort traf er eine Eselin mit ihrem Fohlen. Er wollte sich freundlich herandrängen, aber die Eselin stieß ihn in den Bauch, wies ihm die Zähne und wollte beißen. Also lief er weiter, bis er ein Dorf vor sich liegen sah.

Als er die Hütten und die Menschen sah, glaubte er wieder zu Hause zu sein. Er brüllte vor Freude, warf den Kopf hoch und trabte zufrieden schnaubend weiter. Doch als er ums Dorf streifte und an den Toren und Dunghaufen roch, jagten ihn die Hunde weg, und die Bäuerinnen kamen angerannt und warfen ihm Steine nach, so daß er sich auf einen Unkrauthaufen hinter einer Scheune flüchtete und sich ratlos und lebensmüde hinlegte. Denn die Leute hielten ihn für eine wilde Bestie und wollten ihn nicht in ihrer Nähe dulden.

Dort entdeckten ihn zwei streunende Hunde. Sie verfolgten ihn bis zum Dorfplatz, wo ein paar Burschen herumlungerten. Die jungen Burschen, die sich gelangweilt hatten, trieben ihn in eine Ecke und banden eine alte Blechkanne an seinen kurzen Schwanz. Dann versetzten sie ihm einen Hieb, stießen ihn wieder auf die Straße und schrien: »Ho-ah! Ho-ah!« Die Blechkanne reichte bis knapp auf den Boden, und bei jedem Schritt klapperte sie dem Bullen um die Beine.

Er setzte sich in Trab, um vor ihr auszureißen. Aber je schneller er trabte, desto mehr Lärm machte die Kanne und desto schmerzhafter schlug sie ihm gegen die Beine. Da wurde er wütend, schlug mit den Hinterbeinen aus und galoppierte davon. Die Leute schrien und hetzten ihm die Hunde nach. Der Bulle rannte und rannte und bekam Schaum ums Maul, bis er eine Lücke in der Straßenhecke fand. Er raste durch die Lücke und auf den dahinter liegenden Felsenhang. Doch auf dem Kalkstein machte die Blechkanne noch mehr Getöse, und die Hunde konnten ihn leichter beißen, weil er auf dem schlechten Gelände langsamer laufen mußte. Er brüllte auf und sprang mit einem Satz in eine kleine Schlucht hinunter. Sie war zwar nur drei Meter tief, aber beim Absprung hatte sich ein Hinterhuf in einer Spalte verfangen, und er fiel auf den Rücken.

Hernon fand ihn mit zerbrochenem Rückgrat; daher mußte er ihn abstechen.

Der verlorene Sohn

Auf der Lichtung zwischen den hohen Bäumen um das Wildhüter-Häuschen herrschte große Aufregung. Drei junge Drosseln, die gerade ihr Nest verlassen hatten, hüpften dort herum. Die Eltern saßen ganz in der Nähe auf den gegenüberliegenden Rhododendronbüschen, stießen schrille Schreie aus und wippten mit den Schwänzen.

Die jungen Drosseln, deren Schnäbel matt auf der aufgeplusterten Brust lagen, hopsten ziellos hierhin und dorthin und ruhten sich zwischen jedem Hopser lange aus. Sie blinzelten mit den Augen. Eins ums andre streckten sie die Beine nach rückwärts. Sie versuchten, auf den Zehenspitzen zu stehen und mit den Flügeln zu schlagen.

Durch das Gezirpe war der gelbe Hund des Wildhüters, der auf einer braunen Matte hinter der Hütte geschlafen hatte, wach geworden. Er stand auf und kam neugierig schnüffelnd näher, um zu sehen, was los sei. Als er die Vögel erblickte, hob er die rechte Vorderpfote, schnupperte und beobachtete die jungen Drosseln ein Weilchen. Dann zitterte sein Bauch, er bellte, sah sich nach allen Seiten um und kratzte wütend die Erde auf. Ohne noch länger zu warten, kehrte er auf seine Matte zurück und prüfte dabei den Boden flüchtig nach Kaninchenwitterung.

Den Drosseln hatte er jedoch einen entsetzlichen Schreck eingejagt. Die Eltern waren nach rechts zur Steinmauer geschwirrt. Die Jungen warfen sich platt ins Gras. Dann breiteten sie eins ums andere die schwachen Flügel aus und ergriffen die Flucht. Hals über Kopf flogen sie wie vollgepfropfte Fledermäuse im Bogen ins Unterholz hinein. Eins landete zwischen Brennesseln, die andern beiden zwischen jungen Dornenranken.

Die Eltern warteten eine Zeitlang geduldig, bis sie ganz sicher waren, daß der Hund fort war. Dann flogen sie ins Unterholz hinab und setzten sich auf die Wurzel einer Eiche. Sie begannen zu zirpen. Die beiden Jungen, die unter den Ranken saßen, antworteten und kamen hervor, aber das dritte war nirgends zu finden.

Das Bellen des Hundes hatte es so erschreckt, daß es aus den Brennesseln gekrochen und fortgehoppelt war, um so weit wie möglich auszureißen. Über eine kurze, nicht bewachsene Strecke flog es zu einem andern Dikkicht. Dort blieb es lange Zeit, erschöpft von der ungewohnten Anstrengung. Seine kleine dicke Brust wogte regelmäßig auf und ab, während es auf einem Fleckchen schwarzer Erde unter einem Lorbeerbusch stand.

Es schlief ein. Nach einer Weile begann es zu regnen. Von den schlüpfrigen Lorbeerblättern glitten die Tropfen auf seinen Rücken. Es wachte auf und hopste fort, um den Regentropfen zu entgehen. Doch es hüpfte an eine völlig ungeschützte Stelle, wo es durch und durch naß wurde. Betäubt stand es still und wußte nicht, wie es dem Angriff des Wasserschwalls entrinnen könne. Die zahllosen Schläge der Tropfen brachten es ins

Schwanken, und es legte sich nieder, in sein Schicksal ergeben. Sein Schnabel sank auf die Erde.

Der Regen hörte ebenso plötzlich auf, wie er begonnen hatte. Die Sonne kam wieder hervor. Der Boden funkelte allüberall in der Sonne, einem Schilde gleich. Unzählige Regentropfen hingen wie Edelsteine an den Gräsern, an den Blättern der Bäume und sogar an den Kanten der Dornen. Die kleine Drossel erschauerte vor Freude, als sie die warme Sonne auf dem Rücken spürte. Sie stand auf und zirpte. Sie breitete die Schwingen aus, um zu fliegen, doch sie waren unbrauchbar geworden. Sie konnte sie nicht einmal in ihrer richtigen Lage auf dem Rücken zusammenfalten. Sie schleppten über den Boden nach, und ein paar von den größeren Federn stachen hervor. Der schwere Regen hatte sie aus der noch zarten jungen Haut gelöst.

Sie hopste weiter und schleifte die Flügel nach. Sie wollte sich gern bewegen. Sie fürchtete sich davor, still zu stehen und allein zu bleiben. Sie hopste durch einen Blättervorhang und auf einen kleinen Sandsteinweg hinaus. Der Weg war mit grünen Blättern übersät, die während des Regens abgefallen waren. Die Baumkronen schlossen sich oben über dem Weg zusammen, so daß nur Sonnenkringel hindurchdrangen. Es war kühl dort. Die nasse Drossel begann wieder zu zittern. Sie war matt. Töricht stand sie am Wegrand. Der untere Teil ihres Schnabels sank vor Erschöpfung herab. Sie schüttelte sich ein wenig und versuchte, den Schnabel zu schließen, doch es gelang ihr nur, die Zunge herauszustrecken. Nun konnte sie weder die Zunge zurückziehen noch den Schnabel schließen. Sie torkelte.

Ein Kaninchen kam aus dem Unterholz auf der andern Seite des Wegs. Es schleppte sich über den Weg, als ob sein Hinterteil gelähmt wäre, und knabberte an grünen Blättern, die heruntergefallen waren. Es nahm mehrere gleichzeitig zwischen die Zähne und setzte sich dann an einer trocknen Stelle auf die Hinterbeine, um zu fressen. Während es fraß, drehte es den Kopf nach allen Seiten.

Ein wildes Jaulen und ein toller Wirbel hastiger Pfoten! Der gelbe Hund stürzte aus der Jagdhütte und den Weg entlang. Das Kaninchen sprang ins Dickicht. Der Hund schwenkte ab und sauste ihm nach, was genauso klang, wie wenn ein schwerer Stein durch die Eisdecke eines Teiches schlägt. Die Drossel kauerte platt am Boden, um sich zu verstecken.

Ein kleiner Junge rannte den Weg entlang und schrie, um den Hund anzuspornen. Als er zu der Stelle kam, wo der Hund im Dickicht verschwunden war, blieb er stehen und lauschte mit auf die Seite gelegtem Kopf. Er wischte sich die Nase am Jackenärmel ab. Seine Jacke war zerlumpt und viel zu lang für ihn.

Er wollte schon nach Hause gehen, als er die Drossel bemerkte. Mit einem begeisterten Schrei stürzte er sich auf sie. Die Drossel zog den Kopf ein. Als die harten Finger des Jungen sich um ihren rundlichen, weichen Körper schlossen, piepste sie wie verrückt.

Der Junge schloß ihr den Schnabel, um zu sehen, ob sie ihn zumachen könne. Er blieb zu. »Sie stirbt nicht«, dachte der Junge, »sie ist bloß zu naß geworden. Ich nehme sie mit heim und gebe ihr was zu essen!«

Er setzte sie auf das schräg abfallende Dach der Jagdhütte und brachte ihr Brotkrumen aus der Küche. Er streute die Krümel vor sie hin. Die Drossel beachtete sie nicht. Da nahm der Junge die Drossel, öffnete ihr den Schnabel und stopfte ihr ein Krümchen hinein. Die Drossel zappelte und krallte ihn mit den Füßen. Sie wollte das Brotkrümchen mit der Zunge hinausbefördern, doch während sie es versuchte, kam sie auf den Geschmack, und er war ihr recht. Sie verschluckte das Krümchen, und als der Junge sie mit dem Schnabel auf ein andres Krümchen stieß, pickte sie es aus eigenem Antrieb auf und fraß es ebenfalls.

Der Junge fütterte die Drossel, bis sie nicht mehr fressen konnte. Dann stand er lange Zeit da und beobachtete sie, stieß mit einem kleinen Ästchen gegen ihren Schwanz und blies ihr die Federn auf. Doch die Drossel war vor Erschöpfung sehr dumm und mochte nichts anderes tun, als auf der Brust in der Sonne liegen: sie ließ sich trocknen und ruhte sich aus. Dem Jungen wurde es langweilig. Plötzlich packte ihn der Jähzorn. Er warf einen großen Stein nach ihr und ging ins Dickicht, um Kaninchen aufzuspüren.

Im Laufe des Tages trocknete die Sonne den Körper der Drossel und flößte ihr neue Kraft ein. Sie rollte sich auf die Seite und lüpfte die Flügel ein wenig, so daß die Sonne in jede Pore eindringen konnte. Jedesmal, wenn noch mehr Wärme und Kraft ihren Körper durchströmte, schüttelte sie sich und piepste. Schließlich stand sie auf und begann, die Füße nach rückwärts zu strecken, unter die nachschleppenden Flügel. Sie hüpfte den Dachrand entlang. Sie begann zu piepsen.

Auf einmal hörte sie eine Antwort, einen klagenden

Ruf, der ihr vertraut vorkam. Sie legte den Kopf auf die Seite und lauschte. Wieder hörte sie ihn. Sie piepste, so laut sie nur konnte. Der klagende Ruf antwortete ihr, und fast unmittelbar darauf sah sie ihren Vater und ihre Mutter aus dem Wäldchen fliegen: sie setzten sich auf einen etwa zehn Meter entfernten Weißdorn. Die junge Drossel stieß ein langes Zwitschern aus und flog ihnen entgegen. Aber sie hatte noch nicht die Hälfte der Strecke zurückgelegt, als sie schon absitzen mußte. Doch ihre Eltern flogen nach unten und gesellten sich zu ihr.

Lange Zeit waren nun die drei piepsenden Köpfe beieinander. Flügel flatterten, und Wurm-Leckerbissen wurden in den Schnabel des verlorenen Sohnes gesteckt, der wiedergefunden worden war.

Der Seehund

Der Seehund hatte den Kopf hoch aus dem Wasser gehoben und beobachtete mit angespannter Aufmerksamkeit ein Ruderboot, aus dem in einiger Entfernung, gen Osten zu, ein Netz ausgeworfen wurde. Im Boot waren vier Männer. Der eine stand im Heck und gab das Netz aus. Die andern drei ruderten ständig und sachte weiter, um das Boot gegen die starke Strömung auf der Stelle zu halten. Der Mann im Bug bemerkte den Seehund, als das Netz fast gänzlich ausgelegt war. Er fluchte und zog sofort die Ruder ein. Dann nahm er seine Flinte auf, die hinter ihm im Bug lag, zielte auf den Kopf des Seehunds und schoß.

Im Augenblick, als der Schuß die Mündung der Flinte verließ, tauchte der Seehund. Kaum war er verschwunden, da zerrissen die Bleikügelchen die Oberfläche des Meeres an genau der Stelle, wo sein Kopf gewesen war. Er ließ sich, den Schwanz voran, ein paar Faden tief sinken. Dann streckte er sich in voller Länge aus und schwamm in größter Eile zum Fuß einer steilen, dunklen Klippe. Dort tauchte er auf und stand im Wasser – mit dem Rücken zum Felsen. Jetzt war er sicher vor Beobachtern, denn sein graubrauner Körper hatte genau dieselbe Farbe wie der Stein. Wieder begann er das Boot aufmerksam zu beobachten.

Nachdem die Männer ihr Netz ausgeworfen hatten,

ruderten sie weg, gen Osten zu. Bald waren sie hinter einer sandigen Landzunge außer Sicht. Doch ihre lauten Ruderschläge hallten noch eine Zeitlang weiter. Das dumpfe Poltern der Ruderschäfte, die sich in den Dollen drehten, wechselte ab mit dem Zischen der Ruderblätter, wenn sie durchs Wasser schnitten.

Als das letzte leise Echo der Geräusche in den Höhlen über ihm verhallt war, stieß sich der Seehund vom Felsen ab. Vorsichtig schwamm er zu der kleinen Boje aus geteertem, aufgeblasenem Schaffell, welche die Männer über ihrem Netz, an einem Tau-Ende treibend, dagelassen hatten. Als er auf gleicher Höhe wie die Boje war, tauchte er auf. Da stand das Netz wie eine Wand aus schwarzer Spitze vor ihm und schwankte in der Strömung träge hin und her. Gierig untersuchte er die Maschen. Sie waren alle leer.

Dann schoß ein großer Lachs in höchster Eile an ihm vorbei und prallte gegen die Mitte der Netzwand, die sich bei dem Zusammenstoß tief einbuchtete. Der Kopf des unglücklichen Fisches drang bis zu den Kiemen durch eine der Maschen. Er schüttelte sich heftig und begann zu kämpfen. Von seinem schönen Körper gingen Lichtstrahlen aus und fluteten durch das dunkle Wasser, während er in seinen wilden Fluchtversuchen hochsprang. Seine Wildheit machte ihn nur noch mehr zum Gefangenen. Bald war auch sein Schwanz im Netz verstrickt und wurde gegen seinen Bauch gezwängt. Er fuhr fort, sich innerhalb eines Kreises zu winden, der dauernd kleiner wurde. Schließlich hatten ihn die Maschen vom Maul bis zum Schwanz überzogen und hielten ihn so fest, daß er nicht mehr kämpfen konnte. Ohne

Widerstand zu leisten, schwankte er mit dem Netz in der Strömung hin und her und schnappte krampfhaft nach Luft.

Der Seehund wartete, bis der gefesselte Lachs nicht mehr um sich sprang. Dann schwamm er vor, um sich seine Beute zu holen. Er packte den Kopf des Lachses mit den Kiefern und zermalmte ihn auf einen Biß. Nachdem er den Rumpf freigemacht hatte, indem er die Maschen ringsherum durchbiß, nahm er den Fisch zwischen die Zähne und schwamm damit nach oben. Auf halbem Weg zur Oberfläche griff ihn ein Meeraal von riesigen Ausmaßen an.

Der Aal war blitzschnell wie eine ungeheure schwarze Schraube aus der Tiefe hochgewirbelt. Er warf sich gegen die Kehle des Seehunds und wickelte die Schlingen seines zwei Meter langen Körpers ein paarmal um dessen Hals. Während er mit seiner ganzen Kraft zudrückte, warf er den Kopf zurück und biß mit seinen breiten, halbkreisförmigen Kinnbacken in den glatten Pelz des Seehundes. Seine scharfen Zähne brachten mehrere Stellen zum Bluten.

Der Seehund war von dem jähen Angriff benommen und stieg langsam noch ein kleines Stückchen zur Oberfläche auf. Dann begann er in der immer enger werdenden Umarmung seines Feindes zu ersticken. Er ließ den Lachs los und machte sich an die Verteidigung. Der Meeraal wartete nicht lange auf die Gegenmaßnahmen. Er gab seinen Würgegriff auf, sowie er sah, daß ihm seine List geglückt war, und verfolgte den toten Lachs, der selbständig gegen die Oberfläche getrieben war, als der Seehund ihn losließ. Nun grapschte sich der Meeraal den

Kadaver und machte sich davon, der Tiefe entgegen. Doch im gleichen Augenblick, als er es tat, spürte er sich von den Kiefern des Seehunds kräftig beim Nabel gepackt.

Der Seehund stieg geschwind an die Oberfläche. Er hob den Kopf hoch aus dem Wasser und begann, seinen hilflosen Feind hin und her zu beuteln, wie ein Hund eine Ratte schüttelt. Der Meeraal verbiß sich zuerst noch in den Lachs, während er über dem Kopf des Seehunds wie ein Sprungseil schlenkerte und Bögen in der Luft beschrieb. Dann ließ er den Kadaver los. Der Lachs trieb langsam mit der Strömung von dannen, und die zerrissenen Maschen hingen wie ein Ring um seinen Rumpf.

Nachdem der Seehund seinen Feind gründlich durchgeschüttelt hatte, schleuderte er ihn in die Luft. Als der Körper des Meeraals beim Hochfliegen den höchsten Punkt erreicht hatte, beschrieb er einen anmutigen Bogen. Dann fiel er hinunter, mit dem Kopf voran. Der Seehund erwartete ihn und war bereit. Mit einem einzigen Zubiß seiner Kiefer schnitt er ihm den Kopf glatt vom Rumpf.

Der kopflose Rumpf sank mehrere Faden tief senkrecht durchs Meer und wirbelte beinah ebenso flink wie zuerst, als er noch unversehrt gewesen war. Dann verlor er an Richtung und Schwung. Er spie Blut aus seiner großen Wunde und begann ziellos in weiten Bögen umherzuwandern. Der abgetrennte Kopf blieb an der Oberfläche. Ein Weilchen schnappten die Kiefer noch krampfhaft auf und zu, während er mit der Strömung dahintrieb.

Feine Blutfäden flossen aus den Wunden des Seehunds, als er dem Rumpf des Lachses nachjagte. Dann kam er mit ihm an die Oberfläche und bellte triumphierend. Er hielt ihn fest in der Schnauze und schwamm in aller Eile zu seiner Höhle im Innern der Klippen.

Der Haken

Die Möwe war sehr hungrig. Sie schwebte mit niederhängenden Füßen über dem Fischerdorf. Ihre Flügel waren bewegungslos; den Kopf hatte sie schief auf die Seite gelegt; ihre scharfen kleinen Augen glänzten. Über ihr und ein wenig rechts von ihr war eine ganze Schar weißer Möwen, die aufgeregt kreischten und herabschossen. Abseits von ihnen glitt die Möwe dahin – nah über dem Boden, und vollkommen still. Sie sah etwas, auf das sie die Aufmerksamkeit der andern Möwen nicht lenken wollte, damit sie es im günstigen Augenblick für sich allein erwischte.

Verführerisch lag es auf einer niedrigen Steinmauer – rote, fette Fischleber, ein großes, dickes Stück! Die Möwe war ganz gierig darauf. Am liebsten wäre sie sofort darauf niedergestoßen und hätte sich etwas abgeschnappt; aber sie wollte dem Weibchen, das auf der Felskante in den Klippen auf dem Gelege saß, auch ein Stück mitbringen. Darum wartete sie auf eine Gelegenheit, sich auf eine Mauer zu setzen, ihren Anteil zu verzehren und den Rest im Schnabel nordwärts in die Klippen zu tragen.

Aber die Gelegenheit kam nicht. Die Mauer, auf der die Leber lag, grenzte an die Gasse, die vom Brunnen zu einer breiten, flachen Felsplatte führte. Dort wuschen und reinigten und salzten Dorfweiber die Fische, die in der vergangenen Nacht gefangen worden waren. Ständig gingen junge Mädchen die Gasse entlang und brachten ihren Müttern Eimer voll Wasser. Und die Möwe war ein wenig erschrocken von all dem Lärm und Wirrwarr auf der Felsplatte, wo die Frauen in ihren roten Röcken und den kleinen schwarzen Kopftüchern auf ihren Hacken kauerten, und wo unter den scharfen Messern weiße Schuppen wie Schneeflocken von den Fischrücken stoben. Die grellen Rufe, das Aufblitzen der Messer in der hellen Morgensonne, glitzernde Haufen herumglitschender Fische – die Seemöwe war ganz benommen vor Aufregung und Hunger und Gier und Furcht.

Schließlich hörte sie neben sich ein heiseres Rah-rah: eine andre Möwe sauste an der Mauer vorüber, auf der die Leber lag, wendete und segelte zurück und kreischte angreiferisch. Da wußte die erste Möwe, daß die Leber entdeckt worden war. Sie durfte nicht länger warten. Sie schoß ein Stückchen nach oben, klappte zweimal mit den Flügeln und zerriß die Luft in senkrechtem Niederstoßen. Sie landete sacht auf der Mauer, erschrak plötzlich, sah sich um, stieß einen seltsamen kleinen Schrei aus und wollte gerade die Flügel öffnen, um wieder aufzufliegen, als sie ein Zischen hörte und die andere Möwe neben sich landen sah. Nun verlor sie alle Furcht, schnappte nach der Leber und wollte das ganze Stück verschlingen. Nach zweimaligem Zugrapsen bekam sie es in den Schnabel, während die andere Möwe nach dem Rest pickte und kreischte. Doch dann sprang mit wildem Geschrei eine Schar kleiner Bengel hervor, die sich ein paar Schritte weiter oberhalb hinter der Mauer versteckt hatten und jetzt mit den Armen fuchtelten. Die zweite Möwe kreischte auf und schoß davon. Die erste machte noch einen wütenden Zuck nach der Leber, bekam sie vollständig in den Schnabel und erhob sich mit wildem Flügelschlag in seitlicher Richtung.

Aber sie kam nicht weit. Mit ersticktem Schrei taumelte sie wieder zurück. In der Leber war ein Haken verborgen. Der Widerhaken war der Möwe durch den Schnabel gefahren und steckte jetzt im Fleisch hinter dem unteren Teil des Schnabels. Aus dem Schnabel hing ein Stück Schnur, das an einem Stein an der Mauer befestigt war. Die Möwe war gefangen.

Mit ausgebreiteten Flügeln fiel sie diesseits der Mauer nieder. Zwei Sekunden lang lag sie betäubt auf der Seite; die kleinen Augen waren starr vor Furcht und Schmerz. Dann lehnte sich ein Knabe über die Mauer und versuchte die Möwe zu erwischen. Sie flatterte ein Stückchen weiter – so weit die Schnur reichen wollte –, und als der Haken sie wieder zurückzerrte, stieß sie einen wilden Schrei aus, als ob der neue Schmerz sie wahnsinnig mache. Dann bog sie den Kopf und flog auf, und ihr Flug hatte die Anmut und Kraft einer heranahenden Woge. In einer wirbelnden Kurve stieg sie auf. Dann knackte etwas, ihr Schnabel wurde nach unten gerissen, und plötzlich schrie sie froh – es war wie ein lautes Aufatmen – und flog aufwärts, höher und höher. Ein zusammengeknülltes Stück Schnur hing ihr aus dem Schnabel. Sie hatte die Schnur zerrissen; die kleinen Jungen starrten ihr nach und schimpften über die schlechte Schnur, deretwegen ihnen die Beute entgangen war. Höher und höher schoß sie hinauf, hoch über das Dorf und gen Norden, wo auf der Felskante in den Klippen das Weibchen war. Während sie so weiterschoß und segelte und vorwärts eilte, baumelte die ganze Zeit in komischen kleinen Zuckungen die Schnur herunter, wie ein langer Wurm, der entführt wurde und sich nun wieder aus dem Schnabel der Möwe herausschlängeln wollte. Und die ganze Möwenschar folgte der mit dem Haken; sie machten ein schreckliches Getöse, kreischten und blickten mit entsetzten Äuglein auf den Haken, der der Geschnappten aus dem Schnabel sah und von dem die Schnur herunterbaumelte.

Endlich hatte die Möwe ihre Felskante erreicht: sie war in halber Höhe an einer jähen Klippenwand. Das Meer grollte tief, tief unten. Das Weibchen saß auf den Eiern, und so schmal war die Felskante, daß sein Schnabel schon über die See ragte. Die Möwe landete neben dem Weibchen, das nachlässig den Schnabel nach Nahrung aufsperrte und dann den Haken sah und laut aufkreischte. Die ganze Möwenschar flog krakeelend gegen die Felsenwand und wirbelte umher. Die Möwe mit dem Haken war ganz benommen von all dem Lärm, steckte ein Bein unter den Flügel und ließ langsam den Kopf sinken, bis die Schnabelspitze das Gestein berührte. Ein kleiner Blutstropfen rieselte den Schnabel entlang und fiel auf den Felsen. Da packte das Weibchen die Schnur mit ihrem Schnabel und begann wie wild daran zu zerren, ohne daß sie sich von den Eiern erhob, und krakeelte die ganze Zeit so schrill wie eine böse Sieben, die ihre Nachbarin beschimpft.

Der verwundete Vogel fiel auf die Brust und ließ den Kopf schlaff hängen, während die Möwenschar dichter herzuflatterte und gedämpftere Schreie ausstieß. Einige setzten sich auf nahe Felskanten und reckten die Hälse, um dem Weibchen bei seinem wütenden Picken zuzuschauen.

Bald hatte sie die Schnur durchgewetzt. Nun ergriff sie den Widerhaken, der unterhalb des Schnabels herausstach. Sie zog daran. Das Männchen würgte einen Schrei hervor und schlug mit den Flügeln, doch das Weibchen bog den Hals noch weiter vor und zerrte wieder krampfhaft an dem Haken, so daß er fast herauskam – aber das gebogene Stück mit einem Schnurrest blieb im Schnabel des Männchens stecken. Ein Rinnsal Blut floß hervor. Das Männchen konnte den Schmerz nicht länger aushalten und versuchte, sich freizumachen. Wild zuckte es zurück, und der Haken blieb im Schnabel des Weibchens. Nun gab es ein wildes, triumphierendes Gekakel, als der befreite Vogel sich taumelnd auf die Füße stellte und den Schnabel hin und herschüttelte. Dann stieß er einen schwachen, klagenden und erstaunten Ton aus und tauchte den Schnabel in eine kleine Wasserpfütze auf der Felskante.

Das Weibchen setzte sich wieder auf den Eiern zurecht, glättete sich überlegen die Federn und schloß gelangweilt die Augen.

Das alte Jagdpferd

Mr. Stephan Mullen, Pferdehändler aus Ballyhaggard, fuhr eines Tages auf eine Auktion. Er war groß und schlank und hatte ein rotes Gesicht und weiße Augenbrauen. Da er wegen seines trockenen Humors und seiner ständigen guten Laune beliebt war, traf er in der Stadt, in der die Auktion abgehalten wurde, viele Freunde. Das Ergebnis war, daß er den ganzen Morgen trinkend verbrachte. Leicht angesäuselt erschien er auf der Auktion, als schon alle Tiere verkauft waren, abgesehen von einem alten Jagdpferd namens Morrissey.

Mr. Mullen trat zu dem Auktionator, auch einem Freund, und fragte ihn, ob er noch etwas für ihn habe. Der Auktionator deutete auf das alte Jagdpferd.

»Das ist der Rest«, sagte er.

»Was ist denn das?« rief Mr. Mullen, legte den Kopf auf die Seite und kniff ein Auge zu.

»Hoho!« sagte der Auktionator. »In dem alten Knaben steckt mehr Feuer als in manchem Vulkan. Ich will dir nämlich mal was sagen: die Ladenjünglinge und Bankbeamten, die sich heutzutage mit ihrem unredlich erworbenen Geld ein Pferd kaufen, verstehen nichts...«

»Hü-hott!« rief Mr. Mullen. »Wolln ihn mal besichtigen! Vielleicht gebe ich dir soviel für ihn, daß du dir einen Schoppen leisten kannst.«

Sie traten auf das Pferd zu. Es war ein gut gebautes Tier, aber es sah genauso aus wie ein Mann, der nach einem ernsten Nervenzusammenbruch das Sanatorium verläßt. Die Knochen stachen durchs Fell, und obwohl der Gaul den Kopf hoch trug, konnte man doch sehen, daß er's nur aus Respekt vor seinem Stammbaum tat und nicht etwa aus Kraftüberschwang.

»Nun sieh dir das an!« sagte Mr. Mullen. »Den hast du wohl von nem Kesselflicker gekauft?«

»Gott bewahre!« wehrte sich der Auktionator. »Der Bursche hat einen Stammbaum – so lang wie mein Arm! Komm, sieh ihn dir an!«

»Laß nur«, winkte Mr. Mullen ab, »was nützt der Stammbaum einem lebenden Leichnam? Vielleicht braucht jemand Futter für seine Meute und gibt dir ein paar Shilling?«

»Nun laß bloß die Possen«, sagte der Auktionator, »und kauf's, wenn du es haben willst. Ich brauche dir nicht zu erzählen, was ein Pferd ist: den Unterschied von einem Pferd und einem Maulesel kennst du. Mann Gottes, ein paar tüchtige Mahlzeiten, und der Bursche sieht so verändert aus, daß ihn niemand wiederkennt! Sieh dir mal seine...«

»Jawohlja«, nickte Mullen, »wollen uns mal was ansehen, nämlich sein geehrtes Innere. Sicher hat er ein Raucherherz, und seine Leber ist wahrscheinlich schon mit dem allerbesten Seidenfaden zusammengeflickt. Wenn ich ihn kaufe, gibst du mir dann ein Fuhrwerk, auf dem ich ihn nach Hause befördern kann?«

»Ach so, du willst mich bloß zum Narren halten«, murrte der Auktionator und wandte sich zum Gehen.

»Also meinetwegen«, lenkte Mullen ein. »Ich mach dir einen Vorschlag.«

»Was für einen?« rief der Auktionator und drehte sich rasch um.

»Ich hab dreißig Shilling bei mir«, sagte Mullen und zog seine weißen Augenbrauen zusammen, »die sollst du allesamt haben, auch wenn's die reinste Geldverschwendung ist!«

Der Auktionator spitzte den Mund und starrte Mullen ein paar Sekunden lang an, als sei er vom Donner gerührt.

»Ist das dein Ernst?« fragte er dann.

Mullen nickte.

»Nimm ihn, nimm ihn um Gottes willen!« rief der Auktionator.

Mr. Mullen bezahlte und nahm den Gaul mit nach Hause. Er führte ihn neben seinem eigenen Pferd her, und es war ein verteufeltes Stück Arbeit, den Gaul zu bändigen. Junge, Junge, wie er die Nase in den Wind steckte und mit den Zähnen knirschte und sich bäumte und lospreschen wollte!

»Meine Güte«, dachte Mullen, »was für ein Prachtkerl! Wenn er bloß nicht so alt wäre!«

Am Abend ging Mullen zu einer Einladung, und es wurde schwer getrunken. In seiner Bezechtheit prahlte er und erzählte von dem alten Jagdpferd, das er für dreißig Shilling erstanden habe. Alle verspotteten ihn, und da prahlte er noch mehr und brüstete sich, er würde den alten Gaul am nächsten Tag zur Fuchsjagd mit der Ballyhaggard-Meute reiten.

Wenn dort in der Gegend Fuchsjagd ist, erscheinen sie

alle, von Lord Clonmore angefangen bis hinunter zum Metzger von Murren. Und alle möglichen Schreckgespenster von Pferden erscheinen, ja Mr.Harrison, der junge protestantische Hilfspfarrer, beteiligte sich sogar mal auf einem Karrenpferd, das ihm ein Halunke namens Donnelly als irisches Jagdpferd angedreht hatte. Seit dem Krieg leben in der Gegend dort oben alle möglichen Leute, so daß, wie Mr.Mullen sagt, »von Rasse heutzutage keine Rede mehr sein kann«. Als aber Mr.Mullen selber nun auf Morrissey erschien, waren sich alle einig, daß die Welt noch nie ein so erstaunliches Vieh gesehen habe.

»Bravo, Mullen!« rief Lord Clonmore, »die Toten stehen auf, wie?«

Mr.Mullen war schwer beleidigt. Aber als die Kavalkade aufbrach, beim Zeus, wie wunderbar benahm sich da der Morrissey! Wie ein Vollblutpferd von der alten Schule bewies er mit jedem Zoll, was an ihm dran war. Er sprang so mühelos über Gräben und Zäune, als wäre er eins von den berühmten Galway-Blazers, jenen herrlichen Pferden, die sich eine Woche lang von einer einzigen Rübe ernähren können und trotzdem über ein Sumpfloch springen, ohne sich die Fesseln naß zu machen. Mr.Mullen stärkte sich von Zeit zu Zeit mit belebenden Getränken und ritt infolgedessen noch waghalsiger als sonst. Das alte Jagdpferd aber trug ihn den ganzen Tag, ohne ein einziges Mal zu stolpern – bis er zuletzt, kurz vor dem Finish, etwa eine Meile außerhalb der Stadt an den Schmutzgraben kam, der die Abwässer des Armenhauses abführt. In der ganzen Welt kann es keine Kloake geben, die so schmutzig ist und so stinkt.

Als nun Morrissey diesen Schmutzgraben erreicht hatte, stutzte er. Zweifellos war das Tier zu vornehm erzogen, und so ein Gestank war ihm noch nie vorgekommen. Er stutzte so plötzlich, daß Mr. Mullen sich überschlug und Hals über Kopf in die stinkende Suppe fiel. Ein paar Zuschauer erschienen, als Mr. Mullen unversehrt herauskrabbelte. Die Leute wanden sich in Lachkrämpfen. Er sah unbeschreiblich, ja sogar unkenntlich aus. Morrissey neigte sein Haupt, schnupperte an seinem Herrn und machte in tollem Galopp kehrt.

»Dem ist übel geworden!« lachte ein rothaariger Bauer.

»Gemeine Bande!« schalt Mr. Mullen, rappelte sich auf die Beine und streckte die tropfenden Hände aus, die so schwarz und schleimig waren, als hätte er sie in Teer getaucht.

Morrissey wurde eingefangen und wieder in den Stall geführt. Mr. Mullen ging nach Hause, ließ sich mit dem Gartenschlauch absprengen und nahm ein Bad. Inzwischen war sein Ärger verraucht, und er konnte über den Jux lachen. Am nächsten Morgen ging er in den Stall und besah sich den alten Morrissey. Von den Anstrengungen des gestrigen Tages war der alte Gaul ganz steif geworden. Doch er trug den Kopf immer noch hoch und wieherte, als er Mr. Mullen sah. Da wurde Mr. Mullen weich ums Herz.

»Verdammt noch eins«, sagte er zum Stalljungen, »er ist ein großartiger alter Gaul! Ich will ihn an den Strand bringen: das Salzwasser wird ihm die Beine wieder gelenkig machen!«

Er ritt auf Morrissey an den Strand. Es war herrliches Wetter, doch die Grunddünung war ziemlich stark, so daß sich die Wogen mit Donnergetöse am Strand überschlugen. Dieses Donnergetöse und der bedrohliche Anblick der dunkelgrünen Wellen, die so dicht vor dem Strand jählings ein paar Fuß hoch aufstiegen und mit dumpfem Dröhnen niederschlugen, jagten dem Pferd entsetzliche Angst ein. Es war nicht zu überreden, in die Flut hineinzuwaten. Endlich war es Mullen gelungen, seinen Gaul dicht an die Brandung zu führen, und zwar in jenem Augenblick, als die Hauptwoge besonders weit zurückgeflutet war, wie sie das nach einer bestimmten Anzahl von kurzen Wellen ja immer tut. Doch als der Gaul noch herumstampfte und schnaubte und aus dem Wasser wollte, erhob sich unversehens eine riesige Welle und bedeckte ihn fast völlig. Morrissey war durch diese Sturzflut unter seinem Bauch so verwirrt, daß er, anstatt sich an Land zu retten, sich ins offene Meer warf. Mr. Mullen wollte ihn herumreißen, doch vergebens. Und schon erhob sich eine ebenso riesige Welle und ging über Roß und Reiter hinweg, so daß sich beide überschlugen. Mr. Mullen wurde aus dem Sattel geworfen und verstrickte sich irgendwie in den Beinen des Tieres. Als er sich befreit hatte und an die Oberfläche kam, war das Pferd schon fünf Meter weit weg, und Mr. Mullen hatte keinen Grund mehr unter den Füßen. Er schwamm ein paar Stöße, bekam Grund und blickte sich um. Da war sein Gaul: mit aller Kraft schwamm er aufs offene Meer hinaus!

»Barmherziger Gott!« schrie Mullen. »Er hat für zehn Pfund Sterling Sattelzeug auf dem Rücken!«

Mr. Mullen hastete den Strand hinauf und rief ein paar Bootsleute zusammen.

»Gotts Donner!« staunten sie, als sie die dunkle Masse gewahrten, die sich wie ein plumper Delphin auf- und abschaukelnd von dannen machte.

Sie schoben schnell ein Boot über den Sand und fuhren hinter dem Pferd her. Als sie fast eine halbe Meile hinausgerudert waren, sahen sie, daß der Gaul auf sie zukam.

»Da ist er!« schrie einer von den Bootsleuten.

»Er treibt natürlich«, sagte Mullen. »Dreht mal bei und nehmt ihm das Sattelzeug ab!«

»Der treibt nicht – er schwimmt wie ein Held!« rief einer.

»Mein Gott!« flüsterte Mr. Mullen.

Sie waren alle ganz sprachlos und legten sich in die Riemen, während Morrissey an ihnen vorüberjagte und aufs Land zuhielt – aber in was für einem Tempo! Sie folgten ihm, und als sie landeten, stand Morrissey da und zitterte und war erschöpft. Mullen nahm den Hut ab und schlug sich auf den Schädel.

»So was von Pferd ist noch nie dagewesen!« rief er. »Da muß ich ne Flasche Whisky spendieren! Bitte schön, meine Herren!«

Von da an waren Mr. Mullen und der Gaul, der zur See ging, in der ganzen Gegend berühmt, so daß Mullen das Tier immer lieber gewann und es den Winter über mit reichlich gutem Futter im Stall hielt. Doch unternahm er keine weiteren Versuche, es zu reiten. Und obwohl sich der Ruhm des Pferdes weithin im Land verbreitete, machte kein Mensch ein Angebot. Denn wenn es auch dafür berühmt war, eine Meile weit hinaus und wieder zurückgeschwommen zu sein, so war es doch auch dafür berühmt, Mr. Mullen in den Schmutzgraben vom Armenhaus geworfen zu haben. Jeder Käufer bewunderte Morrissey – und ging weiter. Dann aber kam Mr. Stanley Edwards ins Städtchen.

Mr. Edwards könnte genau wie Morrissey ein alter Klepper genannt werden. Alljährlich verbrachte er den größeren Teil des Jahres in Sanatörien. Den Rest des Jahres vertrieb er sich die Zeit mit extravaganten Vergnügungen, die nicht immer zum besten gewählt waren. Sein Geld war im Lande »eingefroren«, ansonsten er höchstwahrscheinlich nie auch nur eine Woche hier verlebt hätte. Doch wenn er in London tüchtig herumgekneipt hatte, mußte er immer wieder nach Irland zurückkehren und Geld loseisen. Nach einem solchen Gelage mit anschließendem Sanatoriumsaufenthalt mietete er eine Villa in Ballyhaggard, um die stärkende Seeluft zu genießen. Wenige Tage nach seiner Ankunft suchte er Mr. Mullen auf. Mr. Mullen betrachtete ihn von oben bis unten und war verwundert, daß ein solcher Schwächling überhaupt etwas von ihm wollte.

»Und was kann ich für Sie tun?« fragte er.

»Sehen Sie«, sagte Mr. Edwards, »ich muß ein paar Monate in dieser greulichen Stadt leben. Ich bin krank, und ich habe nur sehr wenig Geld. Seit drei Tagen bin ich jetzt hier, und es hängt mir schon zum Hals heraus, immer am Strand auf und abzurennen und mich mit den Idioten dort zu unterhalten. Ich möchte ein Pferd haben. Können Sie mir eins besorgen?«

»Mal überlegen«, erwiderte Mullen und sah ihn schlau an. »Es soll ein sanftes Tier sein, was?«

»Ich will ein Pferd haben«, erklärte Mr. Edwards eigensinnig, »einerlei, was für eins. Es wäre keine üble Idee, wenn ich mir dabei das Genick bräche.«

»Ich verstehe«, rief Mullen. »Ich glaube, ich habe genau das, was Sie suchen!«

»Oh, halt mal!« warf Mr. Edwards etwas nervös ein. »Ich meinte nicht, daß ich nun durchaus ... eh ... ein verrücktes Tier haben will. Sondern ... eh ... eigentlich...«

»Überlassen Sie es mir!« beruhigte ihn Mullen. »Sie können es ausprobieren, ehe Sie es kaufen!«

Morrissey wurde aus dem Stall geholt, und Mr. Edwards bestieg ihn und ritt davon.

Mr. Mullen sah den beiden nach, kratzte sich das Kinn und dachte im stillen, er wäre recht froh, wenn er eine Fünfpfundnote für Morrissey bekäme.

Nach einer Stunde war Mr. Edwards wieder da – verschwitzt, aber sehr glücklich. Ein munterer einstündiger Trab bei schönem Wetter auf einem Vollblüter kann beinah eine Leiche wieder zum Leben erwecken.

»Ging er gut?« Mr. Mullen lächelte sein gewinnendstes Lächeln, als er es fragte.

»Herrlich«, rief Mr. Edwards, brachte das Pferd zum Stehen und wischte sich den Schweiß ab, als wollte er gar nicht absteigen. »Wieviel wollen Sie dafür?«

»Im Notfall bin ich mit dreißig Pfund zufrieden«, antwortete Mullen, nachdem er scheinbar ernsthaft kalkuliert und Mr. Edwards angesehen hatte, als erweise er ihm einen besonderen Gefallen, der ihn sauer genug ankäme.

»Oh!« rief Mr. Edwards ein wenig überrascht.

Dann stieg er ab und sah Mr. Mullen seltsam an.

»Es ist furchtbar viel Geld«, sagte er.

»Tja«, sagte Mullen und hob die Hand, »ein Roß ist nun mal kein Fahrrad!«

»Stimmt schon«, erwiderte Mr.Edwards. »Aber wollen ihn mal betrachten!«

Er ging um das Pferd herum und ließ seine Hand über verschiedene Körperstellen des Pferdes gleiten. Mr. Mullen bemerkte mit Genugtuung, daß es die verkehrten Stellen waren. Dann trat Mr. Edwards etwas zurück und betrachtete das Pferd von weitem. Es schien ihm schwerzufallen, sich von dem Tier zu trennen. Mullen wurde immer vergnügter.

Endlich sagte Mr. Edwards: »Ich möchte morgen wiederkommen und ihn noch einmal reiten. Darf ich?«

»Oh, natürlich«, sagte Mr. Mullen sehr liebenswürdig. »Wollen Sie sich jetzt seinen Stammbaum ansehen?«

»Was, hat er einen Stammbaum?«

»Meine Güte, ja, einen meterlangen«, sagte Mullen.

Hier muß eingefügt werden, daß Mr. Edwards sich Autos anstelle von Pferden hielt und nichts von Tieren verstand. Daher erschien ihm ein Stammbaum als ein genauso einwandfreies Garantiezeichen wie die Fabrikmarke auf einem Rolls-Royce.

»Lassen Sie mal sehen!« sagte er.

Mr. Mullen holte den Stammbaum, und Mr. Edwards prüfte ihn. »In dem Falle«, sagte er, »kaufe ich das Tier sofort!«

Während Mr. Edwards den Scheck ausschrieb, dachte Mr. Mullen: »... als wenn man einem Kind die Milch wegnimmt!«

Alle Welt erwartete, daß Mr. Edwards sich das Genick brechen würde, und manche Leute fanden, Mullen habe gemein an dem armen Menschen gehandelt. Aber den ganzen Sommer hindurch waren Pferd und Reiter fast täglich zu sehen, wie sie in glänzender Verfassung dahintrabten. Mr. Edwards war ein neuer Mensch geworden. Ob es nun die Seeluft oder die Ritte waren, jedenfalls erholte er sich prächtig. Er wurde nicht gerade robust, doch war er kein Patient mehr. Kurz bevor er die Stadt verließ, ging er zu Mr. Mullen:

»Wissen Sie was? Morrissey hat mir das Leben gerettet!«

»Freut mich«, sagte Mullen, ohne mit der Wimper zu zucken.

Das Zicklein der Wildgeiß

Den ganzen Winter hindurch klingelten die Felsen von ihren flinken Hufen, während sie auf den Klippen hoch über dem Meer herumstrolchte.

Im vergangenen Herbst war sie in der Paarungszeit mit einer kleinen Herde fortgewandert, die fröhlich hinter einem Bock mit prächtig grauschwarzem Fell und geschwungenen Hörnern dreinzog. Es war ihre erste Paarung. Als dann der Herbst seinem Ende entgegenging, kamen die Dorfjungen, um ihre Ziegen zu holen. Aber die Herde war versprengt. Der tapfere Bock wurde von zwei hungrigen Hunden aus dem Dorf Drumranny gehetzt und zerrissen. Die weiße Ziege blieb allein zurück. Sie hatte sich zu weit vom Dorf ihres Herrn entfernt. Er konnte sie nicht wiederfinden und hielt sie für verloren.

Und so wurde sie eine Wildgeiß, die in den Klippen hauste, wo Möwe und Kormoran Herr waren und der große Adler von Mohur hoch über der donnernden See kreiste. Ihre großen, sanften gelben Augen wurden wild, weil sie dauernd aufs Meer hinabsah, während ihr langer Bart zierlich im Wind wehte. Sie war ein langes, schlankes Ding mit kurzen, geraden Hörnern, und von den Hinterbeinen hing das Haar lockig und dicht bis fast auf den Boden nieder.

Wenn jemand der Wildgeiß zu nahe kam, floh sie mit

hochragendem Schwanz und schnaubte und warf die Hörner auf. Die Hufe knatterten übers Gestein, bis sie weit fort war. Dann blieb sie auf einem Vorsprung stehen und drehte sich nach dem Menschen um, der sie aufgestört hatte, und war nun wieder ruhig und zufrieden, weil ihre kräftigen, schlanken Beine sie dorthin tragen konnten, wo keiner ihr nachstellte.

Selbstherrlich strolchte sie umher. Auf sehnigen Beinen, die sich wie Seide dehnten, sprang sie über jede Steinmauer, wie hoch sie auch sein mochte. Und so gelenkig war sie, daß sie sorglos auf der schmalsten Mauerkrönung entlanglaufen konnte, ohne einen andern Laut als das leise »Klipp-klapp« ihrer feinen Hufe. Sie verließ die Klippen fast nie. Dort fand sie genug zu fressen, denn der Winter war milde, und die Blätter und Gräser, die in den Felsspalten wuchsen, schmeckten würzig nach dem herben, salzigen Gischt, den der Wind heraufwehte. Sie wurde glatt und schön.

Als sich der Winter dem Ende näherte, widerfuhr ihr, unmerklich zuerst, das Neue. Ihr Gehör wurde schärfer. Sie erschrak beim kleinsten Laut. Allmählich mied sie das Meer, ausgenommen an sehr stillen Tagen, wenn es nicht toste. Sie fraß weniger und wurde sehr wählerisch. Sie suchte lange, ehe sie mit einem Hälmchen zufrieden war. Oft ging sie auf die Knie nieder und lehnte sich in eine Spalte hinein, um an einer Heiderose zu knabbern, die ihr besser als die leichter erreichbaren schien. Sie wurde rundlicher. Ihr Euter schwoll an.

Der Winter war vergangen, und grüne Blättchen begannen zu sprießen. Frühmorgens sangen die Lerchen. Die Luft war voller Süße und Lebensfreude. Eines Morgens kurz nach Sonnenaufgang brachte die Wildgeiß ein grauschwarzes Zicklein zur Welt.

Das Zicklein wurde in einer engen grünen Schlucht unter einem vorragenden und tief überhängenden Felsband geboren, das gegen den Wind Schutz bot. Es war ein Böckchen, ein entzückendes, zierliches Tierchen, dessen Fell die feinsten Farbtönungen aufwies. Der Leib war schlank und auf der Unterseite milchweiß, ebenso die Innenseite der Schenkel. Um die Hufe hatte es dunkelgraue Ringe – wie Armbänder. An den Vorderfüßen waren schwarze Kniekappen, die wie Polster schützen würden, wenn es niederkniete, um die Zitzen seiner Mutter in das seidige schwarze Mäulchen zu nehmen. Rücken und Flanken waren grauschwarz. Die Ohren waren lang und schwarz und hingen, wie bei allen Neugeborenen, weich nach unten.

Die weiße Geiß blökte über ihm, stand mit bebenden Flanken und sanften Augen da und labte sich am Anblick des köstlichen kleinen Wesens, das durch die Wundergewalt des Lebens in ihr erschaffen worden war. Und sie hatte das zierliche Geschöpf ganz für sich allein – hier in der wilden Einsamkeit der hübschen kleinen Schlucht, das rauschende Meer in Hörweite, und rings um sie her flöteten kleine Vögel ihr Frühlingslied, und der Wind flüsterte leise zwischen den Felsen. Die ersten zarten Stunden ihrer ersten Mutterschaft wurden durch nichts gestört und beeinträchtigt, nicht einmal durch die Gegenwart eines Männchens. In völliger Stille warteten beide, sie und ihr Junges.

Wie geschickt sie vorging, es zum Stehen zu bringen! Sie hauchte es an, um es zu erwärmen. Sie richtete es sacht mit der Stirn auf und stieß dabei merkwürdige, sanfte Laute aus, um es zu ermutigen. Da stand es, zitterte, taumelte, schwankte auf seltsam langen Beinen. Sie wurde ganz aufgeregt, umkreiste es hastig und blökte ängstlich, weil sie fürchtete, es könne wieder hinfallen. Es fiel. Sie litt Qualen. Bittere Klagetöne kamen aus dem vorgereckten Maul, und sie knirschte mit den Zähnen. Doch erneuerte sie ihre Bemühungen, trieb es an, sich zu erheben, aufzustehen und zu leben ... zu leben, zu leben.

Es stand wieder auf. Diesmal hatte es mehr Halt. Es schüttelte den Kopf. Es zappelte mit den langen Ohren, weil seine Mutter hineinblies. Es machte ein paar taumelnde Schritte, fiel auf die gepolsterten Knie und stand sofort wieder auf. Langsam, sacht und allmählich schob sie es mit den Hörnern zum Euter hin. Schließlich nahm es die Zitze ins Mäulchen, stieß munter zu, sank auf die Knie und begann zu trinken.

Den ganzen Tag blieb sie bei ihm in der engen Schlucht und knabberte nur ein paar Mundvoll von dem kurzen Gras, das dortherum stand. Den größten Teil der Zeit verbrachte sie damit, ihr Zicklein zu unterrichten. Mit einem großen Aufwand an Sorge und Ernst geleitete sie es auf kleinen Reisen durch die Schlucht zum gegenüberliegenden Felsblock, drei Meter weit und wieder zurück. Zuerst torkelte es ungeschickt gegen ihre Flanke, und die winzigen Hufe kamen sogar durch Grasbüschel aus dem Gleichgewicht, so schwach war es noch. Aber mit erstaunlicher Geschwindigkeit nahm seine Kraft zu, und Freude und Stolz der Wildgeiß wurden immer größer. Nach jeder kleinen Reise mußte sie es erst wieder liebkosen und säugen.

Als die Sonne untergegangen war, konnte es sicher gehen, kurze Strecken laufen und den Kopf aufwerfen. Die ganze Nacht lagen sie im Schutz der überhängenden Felswand, das Zicklein zwischen den Beinen der Mutter an ihrem warmen Euter.

Am folgenden Morgen versteckte sie es gut in einer Spalte der nächsten Klippe, einer kleinen Vertiefung zwischen zwei Steinplatten, die von einem Polster aus dürrem Farn und Gras überzogen waren. Instinktiv kroch das Zicklein in das warme Nest, ohne sich dem sanften Schieben der Hörner seiner Mutter zu widersetzen. Es legte sich nieder, steckte den Kopf zwischen die Hinterbeine und schloß die Augen. Dann scharrte die Geiß mit den Vorderhufen Gras und Farnkraut über die Öffnung und machte sich hastig ans Grasen, wobei sie so sorglos tat, als habe sie nie ein Zicklein versteckt.

Hastig und gierig graste sie die Klippe ab und war den ganzen Vormittag über ängstlich bedacht, sich nicht anmerken zu lassen, daß ihr Junges in der Nähe lag. Selbst als sie dicht neben dem Versteck graste, verriet sie sich weder durch Blick noch Laut. Aber bei dem geringsten Geräusch irgendwo in der Ferne spitzte sie gleich die Ohren.

Mittags holte sie es hervor und ließ es trinken. Sie spielte auf einem Grashügel mit ihm und sah zu, wie es herumsprang. Es mußte lernen, sich auf die Hinterfüße zu stellen und mit dem Kopf in die Luft zu stoßen. Dann brachte sie es wieder in sein Versteck und fraß weiter. Sie weidete bis zum Abend.

Gerade als sie es aus seinem Nest holen und unter die

überhängende Steinbank bringen wollte, damit es dort über Nacht schlafen könne, drang ein erschreckendes Geräusch an ihr Ohr. Es kam von weither, wo im Süden eine niedrige Steinmauer über die Klippe lief und sich gegen den Himmel abzeichnete. Es war ein undeutlicher, kaum wahrnehmbarer Ton, wie ein tiefes Surren. Doch für die Ohren der Mutterziege war es so laut und bedrohlich wie Donnergrollen. Es war das schwere Keuchen eines Hundes, der Witterung nahm.

Sie lauschte wie versteinert und mit hoch erhobenem Kopf; der kurze Schwanz lag steif auf dem Rücken; das eine Ohr zuckte. Da war das Geräusch wieder! Es klang näher. Füße trappelten. Dann sprang ein plumpes schwarzes Geschöpf auf die Mauer und ließ sich tölpelhaft verstohlen auf die Klippe fallen. Die Wildgeiß erblickte den schwarzen Hund, einen großen, zottigen Burschen, der im blassen Zwielicht am Mäuerchen stand, die eine Vorderpfote hob und die lange rote Zunge hängen ließ. Dann plötzlich machte er das Maul zu, hob die Schnauze und schnüffelte ein paarmal hintereinander, wobei er die Nasenlöcher einkniff, als ob ihm etwas weh tue. Darauf heulte er wild und trabte seitlich auf die Wildgeiß zu.

Sie schnaubte. Es klang wie ein dumpfer, schwerer Schlag. Dann hämmerte sie dreimal scharf und schnell mit dem linken Vorderfuß auf den felsigen Boden. Der Hund blieb stehen und hob wieder die Vorderpfote. Er senkte den Kopf und sah sie von unten herauf an. Dann leckte er sich die Brust und rannte schnell nach links. Mit wehendem Schwanz und witternder Nase lief er auf das Versteck des Zickleins zu.

Die Geiß schnaubte wütend und griff ihn in vollem Lauf an, um ihm den Weg zum Versteck des Jungen abzuschneiden. Er stand sofort still, als sie angriff. Auch die Wildgeiß blieb stehen, etwa fünf Meter vor dem Versteck, und bot dem Hund Trotz.

Der Hund stand. Mit der Verschlagenheit einer gemeinen Bestie, die in eine dumme Lage geraten ist, ließ er die Augen umherschweifen. Dann richtete er langsam die blutunterlaufenen Augen auf die weiße Geiß. Er bleckte die Zähne. Seine Mähne sträubte sich. Der Schwanz schoß steil hoch. Er setzte die Pfoten wie eine träge Katze auf und kam lautlos näher. Ein Zittern lief über die linke Flanke der Geiß, und sie schnaubte zweimal kurz hintereinander.

Als er auf sechs Meter herangekommen war, stieß er ein wildes Knurren aus – ein Grollen, das ihm tief aus der Brust kam. Er raste auf sie zu und sprang steil in die Luft, als sei sie ein Zaun, über den er hinüber wollte. Ohne die Vorderfüße zu bewegen, wehrte sie ihn gewandt mit den Hörnern ab – wie ein Dolchstoß war es. Die scharfen Hörner streiften seinen Bauch, als er an ihrem Kopf vorbeisauste. Doch genügte der leichte Stoß, ihn aus der Bahn zu werfen. Anstatt zwischen der Geiß und ihrem Jungen auf die Füße zu fallen, wie er es schlau geplant hatte, wurde er nach links geschleudert und fiel mit dumpfem Aufprall auf die Flanke. Die Geiß wirbelte herum und griff an.

Im Nu war er wieder auf den Füßen und sprang auf die Seite, wobei er wie ein Wilder scharrte und jaulte und knurrte. Damit wollte er das Zicklein aus dem Versteck scheuchen. Es wäre dann leichter für ihn, die

Mutterziege zu überwältigen, wenn sie ihr Junges zwischen den Beinen bergen müßte und dadurch behindert würde. Das Zicklein schrie leise und kläglich, aber die Mutter antwortete sofort mit scharfem, tiefem Zuruf. Das Zicklein jammerte leise vor sich hin und verstummte dann. Aus dem trocknen Farnkraut, das es bedeckte, kam ein Geraschel. Es hatte sich tiefer hineinverkrochen. Die Mutterziege trabte steifbeinig auf die andre Seite des Verstecks und stellte sich von neuem dem Hund.

Der Hund war eine kurze Strecke zurückgelaufen, lag auf dem Bauch und leckte sich die Pfoten. Jetzt wollte er den Kampf in aller Ruhe überlegen, nachdem ihm der erste Angriff mißlungen war. Er gähnte faul und stieß merkwürdig klagende Laute aus, warf den Kopf hoch und verzog die Nase. Die Geiß hatte die Ohren weit nach vorne gestreckt und ließ sich keinen Laut und keine Bewegung entgehen. Trotz der streitbaren Haltung und trotz der mächtigen Hiebe, die ihre kleinen Hufe hin und wieder dem harten Felsgestein versetzten, waren ihre großen, sonst so sanften Augen jetzt verstört und furchtsam.

Der Hund blieb etwa eine halbe Stunde lang so liegen und fuhr mit seiner unheimlichen Posse fort. Es wurde Nacht. Im Lichtschimmer unzähliger, ferner Sterne schien alles unwirklich und gespenstig. Eine schmale Mondsichel stand am Himmel. Das scharfe Zischeln des Windes und das Donnern der Brandung klangen der Geiß in der stillen Nachteinsamkeit nur noch bedrohlicher, als sie weiß und tapfer auf der Kalksteinklippe stand und ihr neugeborenes Junges verteidigte. Der Gesichtskreis war ringsum ein Auf und Ab öder, von kleinen Schluchten durchfurchter Klippen; niedrige Steinmäuerchen schlossen sie ab und hingen wie zerfetzte Gardinensäume vor dem tiefen Rand des Himmels.

Dann griff der Hund wieder an. Er sprang plötzlich hoch und stürmte in langen, schwingenden Sätzen los, winselte beim Laufen und wandte den Kopf ständig auf die Seite, wo die Geiß stand; denn nun rannte er in einem weiten Kreis um sie herum und erhöhte allmählich seine Geschwindigkeit. Ein weißer Fleck auf seiner Brust leuchtete jedesmal auf und verschwand, indes er sie mit seinem fliegenden Auf und Ab wie mit Wellenlinien einkreiste. Die Geiß stand vom Schwanz bis zur Schnauze wütend angespannt da und beobachtete ihn. Sie stampfte ununterbrochen mit den Hufen und drehte sich langsam um sich selbst, behielt ihn aber stets im Auge.

Er flog jetzt mit größter Geschwindigkeit über das düstere Gelände, und die Krallen schlugen kratzend auf. Das Schurren seiner Krallen, sein Gejaule und das heftige Hufestampfen der sich herumdrehenden Geiß waren die einzigen Laute, die bei diesem unheimlichen Treffen in die Nacht drangen.

Er raste immer rund um die Geiß, und bei jeder Runde kam er ihr kaum merklich näher, und schließlich war er so nah, daß sie seine glitzernden Augen und den weißen Schaum des wütigen Maules sehen konnte. Sie wurde fast schwindlig und verwirrt, weil sie sich ständig auf der Stelle herumdrehen mußte, verwirrt und doch betroffen über die verschlagene Hinterlist der greulichen Bestie. Sein Gejaule wurde lauter und wilder. Das

Schurren der Krallen klang jetzt wie Hagelprasseln im Sturm. Dann stürzte er vor.

Er stürzte wirbelnd auf ihre Flanke los und heulte so gellend auf, daß es sie fast betäubte. Sie zitterte – und faßte sich dann in starrer Ruhe, um ihn abzuwehren. Eine dunkle Masse schoß durch die Luft, ganz nah, mit heißem Atem, knurrend, mit roten Lefzen, und ... prallte herunter.

Er hatte sich auf ihre linke Flanke werfen wollen, doch während er an ihrem Kopf vorbeiflog, hatte sie sich blitzschnell umgedreht und begegnete ihm mit den Hörnern. Diesmal ritzte sie ihm die Flanke hinter der Schulter auf. Er jaulte und fiel, sich zweimal überkugelnd, auf die Seite. Mit wildem Schnauben griff sie ihn an. Halb war er auf, da trafen die Hörner seinen Kopf. Wieder heulte er und fiel. Er überschlug sich, sprang plötzlich mit ungeahnter Schnelligkeit hoch, wirbelte mit wehendem Schwanz herum und sauste nochmals auf ihre Flanke los. Die Geiß blökte entsetzt auf. Er war ihren Hörnern entgangen. Seine Zähne vergruben sich in dem krausen, dichten Haar, das von der rechten Flanke niederhing. Das Gewicht des Hundes, durch den Aufprall verdoppelt, riß sie auf die Hinterbeine nieder.

Jetzt aber war sie rasend. Neben dem sich wälzenden Hund, der ihre Flanke gepackt hielt, raffte sie sich wieder hoch, riß sich herum und stieß ihn wütend in den Bauch. Er jaulte auf und ließ von ihr ab. Im Nu stieg sie auf die Hinterbeine und stieß schnaubend von neuem auf ihn ein. Die scharfen spitzen Hörner bohrten sich an den Rippen vorbei in seinen Leib. Er keuchte und streckte die Füße gen Himmel. Da sprang sie mit den Vorderfüßen auf ihn, und ihre kleinen Hufe hämmerten mit furchtbarer Geschwindigkeit fast eine Minute lang auf ihn ein. Sie schlug blindlings drauflos, ohne hinzusehen.

Dann plötzlich hörte sie auf. Sie schnaubte. Der Hund war still. Sie zitterte und betrachtete ihn neugierig. Er war tot. Das Entsetzen wich von ihr. Sie hob den rechten Vorderfuß und schüttelte ihn in einer merkwürdigen kleinen Bewegung. Dann stieß sie einen wilden Freudenschrei aus und lief zum Versteck ihres Jungen.

Die Nacht wich einer herrlichen Morgenröte, die sich von Osten her über die gekräuselte See breitete. Ein wilder, süßer Morgen war's, den der Tau und die mancherlei Gerüche der fruchtbaren Erde durchdufteten. Die schläfrige Sonne stieg lässig aus dem Meer, schien golden und sanft und tastete mit geschweiften Lichtpfeilen nach fernen Horizonten. Ein stiller Morgen. Still und sanft und rein.

Die weiße Geiß und ihr Zicklein zogen auf den Klippen hoch über dem Meer nach Osten. Die ganze Nacht durch waren sie gewandert, auf der Flucht vor dem scheußlichen Kadaver der Bestie, der neben der kleinen Schlucht auf der Klippe lag. Jetzt waren sie schon weit, waren auf dem Kamm der weißen Riesenklippe von Cahir. Die Wildgeiß machte halt, um ihr Zicklein zu säugen, und blickte über den Klippenrand in die aufgehende Sonne.

Dann setzte sie die Flucht nach Osten fort und schob das müde Zicklein sanft mit den Hörnern vor sich her.

Der Schmetterling und das Meer

Als die Sonne wie ein goldener Ball im Osten stand, erwachte der Schmetterling zum Leben. Auf feuchten, unsicheren Beinen kroch er aus der Puppenhülle und stand leicht schwankend auf dem dünnen Ästchen. Sonne und Wind trockneten seinen Körper. Die Sonnenstrahlen kamen über das Meer zu ihm her und brachten eine gelinde Wärme, die von den Gerüchen der herben Morgenbrise erfüllt war. Das sanfte Streicheln der Brise rieb ihm den schlanken Leib blank und löste seine großen Flügel, die wie ein Fächer gefaltet waren. Die Sonne wärmte ihn, so daß er anschwoll und die Freude neugeborenen Lebens ihn durchpulste.

Kaum war er zur Welt gekommen, und schon entfalteten sich seine Flügel und breiteten sich aus. Zuerst schaukelte er noch trunken von einer Seite auf die andre und suchte das Gleichgewicht, dann sanken die Flügel anmutig in die richtige Stellung nieder. So groß und so leuchtend waren sie, daß sein Leib unter ihnen wie unter einem Zelt verschwand. Sie waren ganz mit Farben geschmückt, so daß es schwer festzustellen war, welcher Teil weiß und welcher mit schwarzen Ringen bedeckt war, die sich zusehends zu vermehren schienen. Und doch wirkten beide Flügel, im ganzen betrachtet, auf eine seltsame Art weiß. Mit entfalteten Flügeln schwebte er auf dem Ästchen, schon bei der Geburt voll ausgewachsen und schön, und ohne einen Laut weder der Freude noch des Schmerzes, der die stille Schönheit seiner geheimnisvollen Erschaffung gestört hätte.

Mühelos hob er sich von dem dünnen Ästchen und trat zierlich und ohne einen einzigen Laut auf die unsichtbare Tragfläche der Luft. Kein Ruf, kein Schwingengeflüster unterbrach die atemraubende Stummheit seines Daseins. Die Flügel breiteten sich über den Lufthauch, flatterten auf und ab, voranstrebend, weiterfliegend, als ob sie selbstvergessen ein Instrument spielten und von Taste zu Taste hüpften. Herumtanzend und wie von einem Wirbelwind emporgeworfen, stieg er hoch in die Lüfte und fiel dann sachte ins Tal.

Das Tal war klein und rund und öffnete sich auf einen kiesigen Strand, hinter dem sich das Meer ausdehnte. Die Ufer bestanden aus niedrigen Klippen, deren Steilhänge zum Land hin mit hohem Gras und Buschwerk, mit Ginster und Farnkraut bedeckt waren. Überall leuchteten kleine Blüten. Vögel schossen umher, die kleineren im Gesträuch, und die großen Seemöwen hoch oben im klaren blauen Himmel. Unzählige Formen von Leben tummelten sich im Gras, und von all diesem Tun hing es wie eintöniges Summen in der Luft. Und überall erblickte der Schmetterling tausend andre Schmetterlinge, die gleich ihm flatterten und knicksten und Bögen zogen – an Farbe und Größe verschieden, aber alle stumm und schön und voller Lebensdrang.

Er schloß sich der eiligen Schar an, zog mit ihnen von Blüte zu Blüte und trank den Seim. Hin und wieder ruhte er sich im sengenden Glanz der Sonne aus. Er spielte mit andern Schmetterlingen, doch am liebsten flog und tanzte er in der schönen, klaren Luft und bewegte unermüdlich in zitterndem Fluge seine glitzernd neuen Flügel: auf und hinauf in den Wind mit ungestümem Sprung, tief hinunter zur Erde im Zickzackflug, dann wieder seitlich fort und hin und her, als folge er einem nicht endenden Labyrinth von Wegen durchs Himmelszelt.

Kurz nach der Mittagshöhe wanderte der Schmetterling an den äußersten Saum des Strandes, wo ein Busch der scharlachroten Bibernelle wuchs. Er schwebte einen Augenblick über den Blüten und ließ sich dann zwischen ihnen nieder. Die Sonne schien sehr heiß. Sie brannte auf die heißen Kiesel und auf die endlose Weite der ruhigen See, die unter ihren Strahlen silbern glänzte. Plötzlich begann vom Land her ein kühles Lüftchen zu wehen. Es war ein sanfter Wind, der langsam und stetig einherströmte. Er drückte die Köpfe der scharlachroten Blumen, auf denen der Schmetterling sich ausruhte, weit vornüber, so daß sie wie Kinder aussahen, die sich alle gleichzeitig verbeugten. Es erregte den Schmetterling. Er erhob sich in die Lüfte. In drei langen Zickzacksätzen stieg er hinan, in alle Winde empor, und ließ sich forttragen, berauscht vom köstlichen Druck des Windes gegen Körper und Schwingen. Bald hatte er das Land hinter sich gelassen und trieb hoch über dem Meer.

Lange trieb er so dahin, fächelte nur leicht mit den Flügeln und glitt unter dem sanften Zwang des gleichmäßig flutenden Windes weiter und weiter. Er glitt mühelos und schlief in der Wonne des bequemen Wanderns fast ein. Dann entzog er sich der Windströmung durch ein heftiges Manövrieren mit den Flügeln und wandte sich abwärts – der Erde zu, wie er glaubte.

Doch unter ihm war keine Erde. Statt dessen erblickte er eine befremdlich ebene Fläche, die sich dauernd bewegte. Unzählige Wellchen mit tiefblauen Seiten spielten hin und her, und ihre Kämme versilberten das Licht der Sonne. Hier und da waren auch schwarze und hellgrüne Stellen, und dann wieder funkelnde kleine Schaumkronen. Der Schmetterling hielt die bunten Farbflecke für Blüten und schoß auf einen zu, doch als er fast darüberschwebte, nahm er keinen Duft von Blütenseim wahr, sondern einen strengen, ätzenden Geruch, der ihm unbekannt und widerwärtig war. Ein Tropfen Wasser, der beim Zusammenprall zweier Wellchen aufspritzte, traf seinen Leib, und schnell stieg er auf und war voller Entsetzen. Er stieg sehr hoch und flog wieder in den Wind hinein – nur schnell fort von der seltsamen Stelle, die ihm so widerwärtig war. Von neuem genoß er Wind und Wärme und Sonnenschein und vergaß sein Entsetzen.

Vom Land war keine Spur mehr zu sehen. Das Meer war auf allen Seiten vom Himmel umrundet – eine gleichmäßig blaue Fläche mit einem darübergestülpten Becher, dem Himmel. Und der kleine Schmetterling, der einsame Gefangene innerhalb dieses unabsehbar großen Bechers, flog weiter vor dem Wind einher und flatterte fröhlich mit seinen leuchtenden Flügeln.

In sehnsüchtigem Entzücken flog er weiter, bis der Wind sich unversehens legte und eine große Stille den Rücken des Meeres und die leere Luft darüber in Bann hielt. Die Schwingen des Schmetterlings erlahmten. Er flatterte unstet und suchte wieder nach einem Ruheplatz und dem erfrischenden Seim einer Blüte, um sich zu stärken.

Und wiederum stieß ihn die flirrende Ebene mit ihrem herben Geruch und dem ewigen Raunen ab. Wiederum flog er entsetzt empor. Doch diesmal flog er nicht sehr hoch. Seine Kraft ließ nach. Er wurde von neuem abwärts gezogen. Mit dem gekrümmt nach unten hängenden Hinterleib fuhr er über der Oberfläche des Meeres dahin, und abermals stieg er auf. Er vollführte eine An zahl toller Sprünge, indem er sich nervös in die zwingende Gewalt des Windes warf und in einem irren Geflatter der schönen Flügel die letzten Reste seiner Kraft erschöpfte. Trotz wilden Flügelschlagens sank er langsam nieder. Die Flügel hingen schlaff herab und zitterten, wie sie es im Augenblick der Geburt getan hatten, als sie aus der Puppenhülle schlüpften. Der Leib berührte den Meeresspiegel. Er war im Wasser. Die Flügel flatterten noch einmal, dann drang das Seewasser in sie ein – wie Tinte in ein Löschblatt.

Der runde Kopf bewegte sich noch ein paarmal. Dann lag der Schmetterling still.

Die Beute

An einem Frühlingsmorgen lag ein alter Esel am Straßenrand in der Nähe einer kleinen Hütte. Er hatte ein graues Fell, aber an vielen Stellen war das Haar schon ausgefallen, und statt dessen waren braune Flecke übrig geblieben, die durch die Abnützung blankgescheuert und wund von Hieben waren. Rings um die Beine liefen tiefe Furchen: dort hatten sich in vielen Dienstjahren Strick und Halfter ins Fleisch gefressen. Die langen Ohren hingen schlaff herunter. Wie er so mit nach außen geklappten Ohren auf der Seite lag, hob sich der Bauch mühsam bei jedem schweren, heiseren Atemzug. Den Kopf trug er aufrecht, doch die Nüstern berührten fast den Boden. Sein heißer Atem strömte über die Erde hin und verwandelte sich in Dunst.

Der Schnee auf dem Weg war zusammengeschmolzen, und hier und da lag eine kleine spröde Flocke vergehenden Eises, und die Sonne schien strahlend, denn es war ein Frühlingsmorgen, und die Sonne schmolz Winterschnee und Wintereis. Die Erde schimmerte. Vögel sangen. Die Luft war scharf und schneidend. Doch alles freute sich der kühlen Herrlichkeit dieser vom Sonnenschein geküßten Luft – einzig der alte Esel nicht, der auf der Straße lag und schwer atmete.

Ein Hund kam aus der Hütte. Er hob den Schwanz, bellte und stürzte auf den Esel zu. Kurz vor dem Esel blieb er stehen, bellte und scharrte. Der Esel stieß einen rasselnden Laut aus, wie ein Ächzen. Während er den Kopf senkte und die Ohren schüttelte, stellte er sich mühsam auf die Füße. Langsam ging er die Straße hinauf, nach oben, den Hügeln entgegen. Der Hund folgte ihm und bellte. Ein alter Mann kam aus der Hütte. Er schwenkte seinen Stock und spornte den Hund an, dem Esel nachzusetzen. Der alte Esel war im vergangenen Winter die Straße heraufgekommen, war um die Hütte gestrichen und hatte versucht, nach Futter zu stöbern. Keinem schien er zu gehören. Jemand mußte ihn fortgejagt haben, den unnützen alten Landstreicher, und wenn er hierbleiben und Futter stehlen wollte, fiel er nur lästig.

»Hoa! Hoa!« rief der alte Mann. »Faß ihn, Tiger!«

Der Hund bellte. Der Esel zottelte weiter, und seine Beine schlugen aneinander. An einer Wegkrümmung schwenkte er ab und blieb stehen. Der Hund folgte ihm. Nachdem auch der Hund um die Krümmung gebogen war, hörte er zu bellen auf und stand still. Er senkte den Schwanz und begann auf eigentümliche Art in die Luft zu schnuppern. Als der Esel sah, was der Hund tat, schüttelte er den Kopf, und das war eine Warnung. Doch er griff den Hund nicht an. Er machte sich wieder auf den Weg, ging langsam bergauf und sah sich mit Seitenblicken nach dem Hund um. Der Hund hatte jetzt den Schwanz zwischen die Beine geklemmt. Er gähnte und leckte sich die Lefzen. Er blickte dauernd vorsichtig nach der Hütte zurück. Auch den Esel blickte er verschlagen an und hatte dabei die Schnauze nach vorne gestreckt. Hastiger, aber mit großer Mühe schwenkte der Esel um eine neue Wegkrümmung. Der Hund, der langsamer als der Esel lief, folgte ihm und hielt die Schnauze dicht am Boden. Er schnupperte den Boden ab und setzte jeden Fuß langsam und lautlos nieder. Vorsichtig blickte er von einer Seite auf die andre, und ein wilder Ausdruck stieg in seine Augen.

Plötzlich pfiff der alte Mann. Der Hund fuhr zusammen und lief zur Hütte zurück; seinen Schwanz hatte er nun ganz unter den Bauch gezogen. Einmal blieb er stehen und schnupperte wieder die Straße hinauf, über die der Esel gegangen war. Dann kroch er auf den alten Mann zu, wedelte mit dem Schwanz und schleppte sich, den Bauch fast auf dem Boden, zu ihm hin. Der alte Mann schlug ihn und spuckte aus.

Der Esel zog immer weiter bergauf, bis er an eine Stelle kam, wo an einem Steilhang neben dem Weg ein Wässerchen hervorsprudelte. Er steckte seine Schnauze in das weiße, schäumende Quellwasser. Er schnaubte dreimal. Er schüttelte sich, und dann versuchte er zu trinken. Es schien, als ob das Wasser ihm nicht schmeckte. Er schüttelte sich wieder, senkte den Kopf und ging weiter bergauf. Er kam zur Kuppe des Hügels.

Oben lief der weiße Weg schnurgerade über ein flaches Hochmoor. Dort standen keine Häuser mehr. Zu beiden Seiten des Moors schlängelten sich kleine Fußwege durch das Heideland. In der Heide grasten Schafe. Ein paar Hügelchen waren da. Ein paar Büsche. Linkerhand hob sich in der Ferne am Rande des Moors ein Gehölz. Um die Bäume zog sich ein Zaun. Der Esel besah sich alles. Dann trat er vom Weg herunter ins feuchte Gras. Er roch am Gras. Er legte sich auf die Seite. Er streckte die Beine wieder so wie vorhin aus. Seine Schnauze berührte fast den Boden, und sein heißer Atem strömte über das Gras und wurde zu Dampf.

Zwei Krähen flogen über ihn hinweg. Sie sahen ihn mit ausgestreckten Beinen auf der Seite liegen. Sie krächzten und kreisten oben in den Lüften. Dauernd krächzten sie. Er hörte es und stöhnte. Langsam rappelte er sich auf und zog weiter, abseits der Straße, durchs Heideland. Die beiden Krähen ließen sich auf einem Busch nieder und beobachteten ihn.

Bald wurde seine graue Gestalt, die langsam zwischen den grauen Höckern des Heidelandes weiterzog, fast unsichtbar. An vielen Stellen blieb er stehen und blickte sich um. Aber aus der Ferne folgten ihm mehrere Krähen. Sie krächzten nicht mehr. Nur wenn sie ihn aus den Augen verloren, krächzten sie. Und wenn sie ihn wieder erspäht hatten, schwiegen sie. Sie ließen die Füße hängen und senkten die Flügel, sackten langsam nieder und setzten sich auf irgendeine kleine Erhöhung, die nicht allzu weit von ihm entfernt war. Er ging immer weiter, und sie folgten ihm.

Einmal kam er an einen Heidetümpel zwischen niedrigen Hügeln. Dort stand ein Kranich im Schilf. Der Kranich stieg gemächlich auf, ohne einen Schrei auszustoßen, und flog ihm langsam entgegen. Er zog über ihn hinweg und blickte aufmerksam nach unten. In einiger Entfernung schwenkte er um und flog wieder über ihn hinweg und beobachtete ihn genau. Er umkreiste den Teich und ließ sich dann an der gleichen Stelle im Schilf nieder. Er begann ins Wasser zu starren und kümmerte sich nicht mehr um den Esel. Der Esel zog weiter, hinter ihm her die Krähen und ein paar andre, fremde Vögel, die sich hoch in die Lüfte schwangen. Jetzt war ein ganzer Krähenschwarm da. Einige folgten. Andere flogen voraus. Manche flatterten rechts und links von ihm. Auf allen Seiten umgaben ihn schwarze, krächzende Vögel.

Einerlei, wie sehr er zwischen den niedrigen Hügeln umherzog oder zwischen den Büschen Unterschlupf suchte, sie fanden ihn stets wieder. Der Abend nahte.

Der Esel kam zu einer kleinen Mulde, die dicht mit Unterholz, Dornengestrüpp und Ginster bestanden war. Es war ein gutes Plätzchen, geschützt und still. Es war schwer zugänglich. Stille herrschte dort. Es war ganz dunkel. Er zwängte sich mitten hinein und stand unter einem Busch. Sehr ruhig war es da.

Die Verfolger krächzten laut: in einiger Entfernung, hoch über ihm und zu beiden Seiten. Sie flogen aufgeregt umher und krächzten. Der Esel legte sich nieder, die Beine zum Busch hin, den Kopf an einen Ameisenhaufen gelehnt. Er lag still. Schauer liefen über seine Flanken, zuerst sachte und dann heftiger. Er begann zu keuchen. Aus dem Keuchen wurde ein Röcheln. Es war sehr still in der kleinen Mulde unter dem dichten Gebüsch. Es war auch sehr dunkel. Ein wunderbarer Frieden war es. Ein lieblicher Platz zum Einschlafen. Seine Hufe begannen gegen die obenauf liegenden Wurzeln des Busches zu klopfen.

Eine sehr große Krähe strich tief über die Mulde hinweg. Sie flog langsam übers Gebüsch und sah den Esel, der mit lang ausgestreckten Beinen unter dem Busch lag. Sofort schwang sie sich auf, kreiste im Fluge und krächzte böse. Alle andern Krähen verhielten sich ganz still. Sie flogen auf den Boden, rundherum. Sie spazierten auf und ab. Sie hackten auf den Erdboden ein. Sie wetzten ihre Schnäbel.

Der Esel ächzte laut, streckte die Beine in voller Länge aus, stieß wild mit den Hinterbeinen um sich und hob den Kopf. Er bebte am ganzen Leib. Dumpf schlug sein Kopf auf die Erde. Nun war der Körper sehr still.

Raschelnd schoß ein Hase aus dem Brombeergestrüpp neben dem Esel und floh davon, aufs Moor hinaus. Ein paar andre kleine Tiere stürzten auch aus der Mulde fort und versteckten sich in Löchern. Ein kleiner Vogel, der etwas im Schnabel trug, setzte sich auf einen Zweig in der Nähe des Esels. Er wippte mit dem Kopf. Ein zweiter kleiner Vogel flog neben ihm auf den Ast, und auch er trug etwas im Schnabel. Beide wippten mit den Köpfen. Dann flogen sie beide auf, tauchten höher und tiefer, weit, weit fort.

Eine Krähe schoß hoch und kreiste viele Male um die Mulde, wobei sie sich tiefer und tiefer hinabließ. Sie setzte sich auf den Busch über dem Esel. Sie strählte ihr Gefieder. Dann blickte sie nach unten. Ohne einen Laut ließ sie sich auf den Rücken des Esels fallen. Alle Vögel stiegen auf und kreisten rings um die kleine Mulde.

Später kamen Hunde und verscheuchten die Vögel.

Der verwundete Kormoran

Im Meer, unterhalb der hohen grauen Klippenwand von Clogher Mor, lag ein dicker, viereckiger, von weißen Muscheln übersprenkelter schwarzer Felsen. Um ihn her hob und senkte sich schäumend das Meer. Wenn das Meer stieg, nahm es das Seegras, das längs der Kanten des Felsens wuchs, mit hinauf, bis die langen roten, sich schlängelnden Strähnen wie Rinnsale von Blut durch den weißen Gischt fächerten. Im Fallen zerrte der Sog die Strähnen straff von ihren blasigen Wurzeln nach unten.

Stille. Es war Mittag. Das Meer war ruhig. Klippenvögel schliefen auf dem Wasserspiegel; die Schnäbel ruhten auf den fetten weißen Brüsten. Große Seemöwen, die auf einem Bein standen, dösten hoch oben auf den Felsenbändern der Klippenwand. Unten auf dem dicken Felsen ruhte sich ein Schwarm Kormorane aus und ruckte mit den langen Hälsen, um das Futter aus den gefüllten Kröpfen zu würgen.

Zuoberst auf der Klippenwand stand eine gelbe Ziege und blickte aufs Meer hinunter. Plötzlich erschrak sie. Sie schnaubte, schnellte herum und lief hastig ins Geröll. Beim Herumschnellen löste ihr Huf einen flachen Stein vom Rande der Klippenwand. Der Stein fiel kreiselnd nach unten und auf den Felsen, auf dem die Kormorane saßen. Krachend schlug er auf, mitten zwischen sie, und zerstob in Stücke. Die Vögel schwangen sich auf, doch den einen traf ein Splitter des Steins am rechten Bein. Es war gebrochen. Der verwundete Vogel stieß einen schrillen Schrei aus und ließ das Bein hängen. Während er vom Felsen abflog, baumelte das Bein schief herunter.

Die Kormorane flogen nicht weit. Sobald sie den Felsen hinter sich hatten, tauchten sie kopfüber ins Meer. Die langen schwarzen Leiber schossen mit gestrecktem Hals schnell eine weite Strecke durch die oberen Wassermassen, ehe sie wieder aufstiegen und den Gischt von den Köpfen schüttelten. Dann ruhten sie auf der Oberfläche; die schwarzbraunen Rücken glänzten in der Sonne, die blaßbraunen Kehlen waren vorgestreckt, und der winzige Kopf thronte auf dem langen, gebogenen Hals. Wie sich bäumende Schlangen saßen sie achtsam da und suchten zu erspähen, ob ein Feind in der Nähe sei. Als sie nichts sahen, fingen sie an zu zetern und mit den Federn zu schwirren.

Der verwundete Kormoran jedoch raste im Wasser umher und klatschte vor Qual mit den Flügeln. Der salzige Gischt brannte in der Wunde, und er konnte sich nicht stille halten. Nach wenigen Augenblicken flog er auf und sauste in rasendem Tempo davon, immer an der Klippenwand entlang, und wie toll vor Schmerzen. Dreimal kreiste er über der Klippenwand und flog in riesigem Bogen, als versuche er, dem Schmerz in seinem Bein zu entfliehen. Dann stieß er wieder zu den andern hinab und ließ sich neben ihnen auf dem Wasser nieder.

Die andern Kormorane bemerkten ihn und begannen zu zetern. Er schwamm dicht an einen Vogel heran, doch der kreischte auf und schoß davon. Er näherte sich einem andern, der jedoch gehässig mit dem Schnabel nach ihm stach. Dann kreischten alle Vögel gleichzeitig und hoben sich unter heftigem Klatschen der langen Flügel aus dem Wasser. Mit ihnen stieg auch der Verwundete auf. Sie flogen wieder zum Felsen und ließen sich darauf nieder, reckten ängstlich die Hälse und spähten nach allen Seiten, noch immer ein wenig eingeschüchtert wegen des Steins, der heruntergefallen war. Der Verwundete flog gleich ihnen auf den Felsen, versuchte zu stehen und fiel sofort auf die Brust. Aber er rappelte sich wieder hoch und stand auf dem nicht verletzten Bein.

Sobald sich die andern Tiere vergewissert hatten, daß kein Feind in der Nähe war, fingen sie an, den verwundeten Kormoran argwöhnisch zu betrachten. Er hatte die Augen geschlossen und schwankte unsicher auf dem einen Bein. Sie sahen, wie das verwundete Bein schief herunterhing und wie die Flügel etwas schleiften. Daraufhin ließen sie merkwürdig schrille Laute hören. Einer lief auf den Verwundeten zu und pickte nach ihm. Der verwundete Kormoran stieß einen leisen Schrei aus und fiel vornüber auf die Brust. Er breitete die Flügel aus, hob den Schnabel und öffnete ihn weit, wie ein junger Vogel im Nest, der nach Atzung schreit.

Sofort hob der ganze Schwarm wieder an zu zetern und schwang sich auf. Sie flogen aufs Meer hinaus, immer hoch in Lüften. Der verwundete Vogel kämpfte sich hoch und folgte ihnen nach. Doch sie waren ihm weit voraus, und er konnte sie wegen der nachlassenden Kräfte nicht einholen. Bald jedoch schwenkten sie ein und hielten auf die Klippenwand zu, und der verwundete Kormoran schwenkte ebenfalls ein und flog ihnen nach, und nun waren alle dicht über der Oberfläche des Wassers. Dann stiegen sie allmählich auf und peitschten mit ihren langen, schmalen Flügeln die Luft, um die schweren Körper nach oben zu hieven. Sie flogen die Klippenwand bis zur halben Höhe hinauf und ließen sich auf einem breiten Felsband nieder, das von kleinen schwarzen Tümpeln und weißen Federn übersät war.

Der verwundete Kormoran wollte sich ebenfalls aufschwingen, doch war er für den Anflug noch nicht weit genug aufs Meer hinausgekommen. Daher genügte seine Geschwindigkeit nicht, ihn auf den Vorsprung hinaufzutragen. Etwa zehn Meter unterhalb des Vorsprungs erreichte er die Klippe, konnte sich nicht durch Aufflattern hochschwingen und mußte wieder hinausschwenken, wobei er aufgeregt zeterte. Er flog sehr weit hinaus und sank dabei so tief auf die Oberfläche des Meeres hinab, daß seine Flügelspitzen das Wasser berührten. Dann schwenkte er nochmals landeinwärts, stieg allmählich und mühte sich aus Leibeskräften, die Geschwindigkeit zu erlangen, die ihn zum Felsenband tragen konnte, auf dem seine Gefährten saßen. Er mußte es unbedingt schaffen – oder sonst zugrunde gehen. Wenn der Schwarm ihn verstieß, blieb nur noch der Tod. Dann würden ihn die Möwen fressen.

Als die andern Kormorane sahen, wie er auf sie zukam, und das scharfe Knattern seiner Flügel hörten, während er so wild aufstieg, begannen sie wütend zu zetern und liefen in einer geschlossenen Reihe bis an die Kante des Vorsprungs, stießen die Schnäbel vor und zeterten. Der sich nähernde Vogel zeterte auch und stürzte geradewegs auf sie zu. Er plumpste über ihre Rücken hinweg aufs Gestein und kreischte und lag hilflos und ganz erschöpft mit ausgebreiteten Flügeln auf dem Felsband. Aber sie hatten kein Erbarmen. Wütend fielen sie über ihn her, zerrten mit ihren Schnäbeln an ihm, rupften ihm die schwarzen Federn aus und stießen ihn mit den Füßen umher. Der verwundete Kormoran mühte sich verzweifelt, näher an die Klippenwand zu kriechen, um sich dort in einer dunklen Felsspalte zu verstecken, aber sie zerrten ihn wieder nach vorne und stießen ihn an die Kante des Vorsprungs. Einer stach ihm den Schnabel ins rechte Auge. Ein andrer packte das verletzte Bein mit dem Schnabel und zerrte daran.

Schließlich lag der verwundete Kormoran auf der Seite, begann zu zittern und wehrte sich nicht mehr gegen ihre Angriffe. Da zeterten sie laut, schleppten ihn dicht an die Kante des Vorsprungs und stießen ihn hinunter. Er fiel langsam, matt durch die Luft flatternd, sich überschlagend und dabei die Flügel etwas öffnend, bis er das Wasser erreicht hatte.

Dort flatterte er zweimal mit den Flügeln, dann lag er still. Eine heranflutende Welle warf ihn gegen den schwarzen Felsen, und er verschwand und wurde unter die Strähnen des Seegrases gesogen.

Die eifersüchtigen Hennen

Mrs. Geraghty hatte zum Geburtstag eine schwarze Henne von ihrer Tante geschenkt bekommen. Sie setzte die Henne in den kleinen Hühnerhof, wo sie ihre sechs andern Hennen und einen kleinen Hahn hatte. Es war noch nicht lange her, seit sie sich Hühner hielt.

Die Ankunft der schwarzen Henne erregte im Hühnerhof großes Aufsehen. Als sie auf den harten, kiesbestreuten Boden des Hühnerhofs gelegt wurde, blieb sie erst einmal auf dem Bauch liegen und verdrehte den Kopf, so daß die großen, fetten roten Kehllappen den Staub berührten. Während der letzten drei Stunden waren ihre Füße mit einem Band verschnürt gewesen, und nun war sie betäubt und lahm. Wenigstens tat sie so, als sei sie lahm, und lag ganz still.

Sie interessierte sich jedoch sehr für die sechs Hennen, die aus allen Winkeln und Ecken herbeigelaufen kamen, sobald sie sie sahen, und die Hälse vorstreckten und mit den Füßen beim Rennen hinter sich in die Luft droschen, als ob sie schwämmen. Und beim Rennen kluckten sie einander leise zu. Sie waren alle rotbraun und nicht sehr groß.

Hinter ihnen erschien ein großer, stolzer eisengrauer Hahn mit langen gelben Beinen und blanken Sporen. Er stolzierte einher und gab ärgerliche Töne von sich, wie ein alter Militär, der sich bei seinem Feldwebel über etwas beschwert. Hin und wieder legte er einen Schritt zu. Dann verfiel er wieder in seine langsamere Gangart, zwinkerte, schüttelte sein Gefieder und verrenkte sich fast den Hals. Endlich gelangte auch er zu der Stelle, wo seine sechs rotbraunen Weiberchen sich um die schwarze, soeben angekommene Henne geschart hatten.

Als die schwarze Henne seitwärts blinzelte und den Hahn gewahr wurde, richtete sie sich ein wenig auf, taumelte vornüber und stand auf. Sie schüttelte erst das eine Bein und dann das andre. Sie machte ein paar gedehnte Bewegungen, als wollte sie herausfinden, ob sie sich etwa ein Glied gebrochen hätte. Dann schüttelte sie sich wie wild, hackte sich dreimal auf die Brust und richtete sich in voller Größe auf. Es war eine wunderschöne schwarze Henne mit feuerroten Kehllappen und prächtigen, langen gelben Beinen. Die Brustfedern waren so schwarz, daß sie in grünlichem Glanz und wie poliert schimmerten.

Mit lautem, heiserem Gluckser, der wie eine Männerlache klang, richtete sich der Hahn in voller Größe auf und schüttelte seine Federn. Die Henne nahm keine Notiz von ihm. Da ließ er die Flügel hängen, hielt den Schnabel auf die Erde und lief, verliebt glucksend, um die schwarze Henne herum. Die schwarze Henne tat völlig gleichgültig, aber die andern Hennen begannen die Köpfe zusammenzustecken und brachten heimtückische kleine Laute hervor, als ob sie etwas Bösartiges flüsterten. Sie schlossen und öffneten ihre kleinen Augen auf ganz seltsame Art.

Nun hielt der Hahn plötzlich inne. Er richtete sich auf, und aus seiner Kehle kam ein ärgerlicher, gereizter

Ton. Die kleinen Hennen erstarrten und sahen ihn an. Der Hahn murrte wieder, stürzte sich auf die Hühnerschar und jagte sie in alle Richtungen, wobei er hochsprang, als stieße er schimpflich mit den Sporen nach ihnen. Zeternd flohen sie in verschiedene Winkel des Hofes und lagen im Lauf halb auf der Seite, wie Autos, die mit großer Geschwindigkeit um scharfe Ecken rasen. Der Hahn kratzte sich gleichgültig die Brust. Dann schüttelte er sich hochmütig und wandte sich wieder der schwarzen Henne zu. Mit zur Erde gesenktem Schnabel lief er schnell zu ihr hinüber und sagte etwas sehr Vertrauliches, Intimes. Die schwarze Henne schien ihm beizupflichten, denn sie senkte ihren Schnabel anmutig bis fast auf den Boden hinunter, indes sie den Hals vorstreckte und wartete. Der Hahn pickte ein Maiskorn auf und legte es mit sanftem Gluckser vor ihrem Schnabel nieder. Sie tat es hastig in den Schnabel und überlegte dann eine Sekunde, ehe sie es verschluckte. Danach gingen sie beide freundschaftlich von dannen und scharrten und gluckten dabei. Hin und wieder ließ der Hahn die Flügel über den Boden schleifen und rannte verliebt glucksend um die Henne. Sie ließ sich seinen Antrag huldvoll gefallen. In einer Ecke des Hofes saßen nicht weit vom Hühnerhaus die andern Hennen und sahen verdutzt und eifersüchtig zu.

Den ganzen Nachmittag widmete sich der Hahn der schwarzen Henne, und nicht ein einziges Mal bekümmerte er sich um die andern Hühner, es sei denn, daß er sie fortscheuchte, wenn sie zufällig zu nahe kamen oder wenn er weiter hinten ihr heimtückisches Nörgeln hörte. Die sechs kleinen Hennen dachten überhaupt nicht mehr ans Fressen, sondern verbrachten den Nachmittag mit Ränkeschmieden, steckten die Köpfe zusammen und standen auf einem Bein. Dann brach die Nacht an, und sie gingen alle ins Hühnerhaus. Die schwarze Henne flog neben dem Hahn auf.

Doch kam sie nicht sehr zur Ruhe. Die ganze Nacht hindurch hatten es die kleinen Hennen auf sie abgesehen, hackten nach ihr, stießen sie, kratzten sie und taten ihr Möglichstes, um der Schwarzen das Leben schwerzumachen. Der Hahn gab sich große Mühe, sie einzuschüchtern und für Ordnung zu sorgen, aber in der Dunkelheit des Hühnerhauses hatten sie keine Angst vor ihm. Obendrein war er zu müde, und nach einem Weilchen schlief er ein und überließ die schwarze Henne gänzlich der Ungnade der rotbraunen Weiberchen.

Am andern Morgen war die schwarze Henne nicht mehr so schön wie am Tage vorher. Ihre Federn waren zerzaust und unordentlich, und ein paar waren fast mit der Pose aus der Haut gezogen, so daß sie hier und da wie häßliche Auswüchse hervorstachen. Und sie war verängstigt und einsam, deshalb ging sie schüchtern und nicht mit dem eleganten Renommierschritt des Vortages umher. Der Hahn jedoch nahm seine Tändelei mit ihr wieder auf und beachtete die andern Hennen nicht im geringsten.

Das Wetter war warm und sonnig, und im Laufe des Tages gewann die schwarze Henne ihr Vertrauen und ihre Kraft zurück. Sie ordnete ihre Federn aufs schönste und rupfte alle ab, die locker waren. Sie war emsig auf Futter aus und wurde so eingebildet und anmaßend, daß sie sich gegen Abend ein paarmal an den Ausfällen beteiligte, die der Hahn gegen die andern Hennen unternahm. Doch dann kam wieder die Schlafenszeit, und zitternd vor Furcht flog sie auf ihre Stange.

Am nächsten Morgen war sie fast ohne Besinnung. Von ihren Federn waren Hunderte herausgezerrt worden. Ihre Haut sah schwarz und zerlöchert aus. Das eine Auge war geschlossen, weil eine Henne ihr mit der Kralle hineingeschlagen hatte. Als sie von der Auffluggstange heruntertaumelte, war sie so schwach, daß sie kaum stehen konnte. Sie wankte nur so umher. Der Hahn machte viel Wesens um sie, doch war es offensichtlich, daß es nicht aus Mitleid geschah, sondern weil er sich darüber entrüstete, in welche Schande sie geraten war. Nach einer halben Stunde etwa kehrte er ihr bewußt den Rücken und ging fort, wobei er scharrte und gluckste und sich schüttelte, vermutlich, um seine Verwirrung zu verbergen. Dann begann er mit den andern Hennen zu tändeln, und sie ließen es sich gefallen, als ob nichts geschehen wäre.

Als Mrs. Geraghty die Hühner füttern wollte und sah, in welchem Zustand sich die schwarze Henne befand, stieß sie einen erstaunten Ruf aus. Doch dann – als sie begriff, was geschehen war – lachte sie laut heraus. Sie war selbst keine schöne Frau.

»Ich muß sie wohl Mrs. O'Reilly schenken«, sagte sie und nahm die schwarze Henne auf den Arm.

Das Nest des Zaunkönigs

Es war an einem Sommerabend kurz vor Sonnenuntergang. Klein-Michael und Klein-Jimmy, beide zwölf Jahre alt, zogen gemeinsam los, um Vogelnester zu suchen. Sie waren beide gleich gekleidet, nur waren Klein-Michaels blauer Pulli und die graue Flanellhose von besserer Qualität, denn Klein-Michaels Vater war Friedensrichter und ehemaliger Offizier, während Klein-Jimmy nur der Sohn eines Knechts war. Beide waren barfuß und hatten zerkratzte Zehen und einen Verband um die große Zehe am rechten Fuß. Sie schlenderten um das Südende des Dorfs, überquerten Klippen, sammelten Beeren und sprachen von den Nestern, die sie schon besaßen. Es hatte keinen Sinn, nach Nestern Ausschau zu halten, bevor man an das Hohl hinter Dicks Kartoffelacker kam. Dort erhob sich eine Felswand, die auf eine grüne Schlucht blickte. Die Felswand war furchtbar schwer zu erklettern und deshalb unerforscht, und dorthin gingen sie, um nach Nestern zu suchen. Es wäre eine große Leistung gewesen, die Felswand ganz zu durchklettern. Der einzige Mensch, der jemals dort emporgeklommen war, der Schwarze Peter, ein Vogelfänger, hielt es mit dem Teufel: der konnte natürlich alles tun. Keinem Jungen war es jemals geglückt, die Felswand höher als bis zum Absatz im ersten Viertel zu erklimmen, und dort war alles voll

Vogelschmutz und schmierig vom Wasser, das irgendwo aus einer Quelle in der Wand hervorsickerte.

Die beiden Jungen erreichten die Felswand und blickten hinauf. Dann sahen sie sich beide an und sperrten den Mund auf. »Geh du zuerst!« sagte Klein-Michael schließlich. »Nein, geh du!« sagte Klein-Jimmy. Sie stritten sich lange Zeit, und keiner rührte sich vom Fleck. »Ach«, sagte Klein-Michael dann, »ich finde, 's ist sowieso zu spät, um heute noch raufzuklettern. Wir wollen lieber bis morgen warten und Strümpfe anziehen. Der Schwarze Peter hat immer Strümpfe an. Die Strümpfe fassen besser im Fels.« »Du hast bloß Angst!« höhnte Klein-Jimmy und wischte sich die Nase mit dem Jackenärmel. »Wer hat Angst?« Mein Vater hat zehn Schlachten mitgemacht!« – »Dann klettere doch!« – »Komm, wir wollen zusammen raufklettern!« – »Aber wer paßt dann auf? Wir könnten ja geschnappt werden! Und dein Vater würde mich einlochen! Bestimmt!«

Ein Weilchen schwiegen sie. Dann legten sie sich ins Gras und blickten an der Wand hinauf. Spatzen, die sich im Efeu versteckt hatten, begannen zu tschilpen. Ganz zuoberst, etwa zwanzig Meter über der Talsohle, war ein tiefer Einschnitt im Felsen. Dort krächzte es von mehreren Gelegen junger Stare.

»Da oben sind bestimmt zwanzig Nester!« meinte Klein-Michael. »Vierzig!« behauptete Klein-Jimmy. »Ich hab sie neulich gezählt. Wollen mal Steine raufwerfen!« Sie warfen ein paar Steine in den Efeu, und einzelne Vögel flogen schreiend heraus. Die beiden Jungen legten sich wieder ins Gras und beobachteten die Wand. Plötzlich rief Klein-Jimmy: »Pst!« Sein schmutziges Gesicht strahlte auf einmal vor Aufregung. »Was ist los?« flüsterte Klein-Michael. »Pst!« machte Klein-Jimmy. »Ich sehe einen Zaunkönig. Sieh mal da!« Er zeigte auf eine Stelle tief unten an der Felswand, wo nur ein Strang Efeu wuchs, ein kleiner Ableger von der Fülle weiter oberhalb. Klein-Michael schloß beinah die Augen, so scharf kniff er sie zusammen, und dann sah er eine kleine braune Kugel, die sich vorsichtig bewegte. Lange Zeit hielten beide Jungen den Atem an und rührten sich nicht. Dann spähte ein winziger Kopf aus dem Efeu hervor. Danach verschwand er wieder. Er erschien von neuem und blickte sich um, und endlich flog ein Zaunkönig hervor, kreiste ein wenig umher und setzte sich linkerhand auf den Zaun. Dort zirpte er leise und flog dann fort. Noch ein kleiner Zaunkönig tauchte aus der Felswand auf, dem Zirpen des andern gehorchend. Er folgte dem ersten nach.

»Ein Nest!« seufzten beide Jungen gleichzeitig. Dann sprangen sie auf die Füße und stürzten zur Wand. Jeder wollte der erste sein.

Sie langten gemeinsam vor der Wand an, und jeder stieß seine Hand durch den Efeu, um das Nest zu ergattern. Es raschelte in den grünen Blättern, beide keuchten laut, und dann trafen sich ihre Hände im Efeu und hielten still. Sie blickten sich an, und in ihren Augen stand giftiger Haß. »Ich hatte es zuerst!« sagte Klein-Michael. »Ich hab's zuerst angefaßt!« – »Lügner!« rief Klein-Jimmy. »Ich habe den Zaunkönig zuerst gesehen!« – »Was, sagst du Lügner zu mir? Und dabei hat dein Vater zweimal im Gefängnis gesessen!« – »Aber ich kann dich besiegen! Ich hab Johnny Derrane besiegt, und der hat dich besiegt!«

»Haha, versuch's doch mal!« Sie traten von der Felswand zurück und musterten sich von oben bis unten, denn jeder hatte vor dem andern Angst. Die Lage war sehr peinlich, doch gerade da flog einer der beiden Zaunkönige zum Zaun zurück, trug in seinem Schnabel ein winziges Moosfähnchen und rettete durch sein Erscheinen die Situation. Beide Jungen blickten den Zaunkönig an, machten »Pst!« und waren froh, daß sie eine Entschuldigung hatten, die sie vor einer Raufe-rei bewahrte. Der Zaunkönig hatte sich auf den Zaun linkerhand gesetzt und tat sehr geschäftig, als habe er dort sein Nest. »Komm fort«, sagte Klein-Michael, »denn wenn er merkt, daß wir zu seinem Nest hinsehen, läßt er es im Stich, und ein verlassenes Nest zählt nicht – das weiß jeder!«

»Oh, wollen bloß mal sehen, wieviel Eier drin sind!« drängte Klein-Jimmy. »Keiner glaubt es uns, wenn wir nicht sagen können, wieviel Eier drinliegen!« – »Laß es ja in Ruhe«, sagte Klein-Michael, »denn es ist mein Nest. Wenn du's ansehen gehst, sag ich's meinem Vater!« – »Petze!« rief Klein-Jimmy. Klein-Michael merkte, daß er sich albern benommen hatte, und wußte nicht mehr recht, was er sagen oder tun sollte. Er spürte die größte Lust, Klein-Jimmy zu verhauen, doch er hatte auch Angst davor. Und was hatte es überhaupt für einen Sinn, sich zu bekämpfen, wenn niemand zusah? Hatte man je gehört, daß sich zweie bekämpften, wenn niemand zusah? So was tat ein Junge höchstens mit seiner Schwester. »Du glaubst wohl, ich hätte Angst vor dir?« sagte er schließlich. »Paß bloß auf, Klein-Jimmy!«

»Och, mir ist's egal!« sagte Klein-Jimmy und stieß seinen Zehen prahlerisch ins Gras. »Das Nest seh ich mir doch an, ob du's willst oder nicht!« Er trat vor, und Klein-Michael packte ihn an beiden Armen, und sie rangen miteinander. »Laß mich los!« schrie Klein-Michael. »Laß du mich zuerst los!« schrie Klein-Jimmy. Die beiden Zaunkönige flatterten jetzt über ihnen und kreisten in Todesängsten, aber die beiden Jungen beachteten sie nicht. Jeder versuchte, das Nest zu packen, und jeder wollte den andern daran hindern.

Bald hatten sie den Efeu abgerissen, und ein kleines rundes Loch war zu sehen. Es gehörte zu einem schönen kugelrunden Nest, in dem etwas noch viel Schöneres liegen mochte. Klein-Jimmy grapschte nach dem Nest und erwischte es mit den Fingerspitzen, und als Klein-Michael ihn plötzlich wegriß, löste sich das Nest aus der Nische und flog zu Boden. Es fiel auf die Seite, und ein Ei, ein winziges Ei, kollerte heraus. Es war so leicht, daß es zwischen zwei Grashalmen hängen blieb. Die Zaunkönige erhoben ein schreckliches Gezeter, und dann flogen sie hoch in die Lüfte. Sie würden nie wiederkommen.

Die beiden Jungen blickten stumm auf das Nest. »Da siehst du, was du gemacht hast!« sagte Klein-Michael. »Das Nest nützt uns gar nichts!« – »Ist alles deine Schuld!« rief Klein-Jimmy. »Du hast Angst gehabt, es anzusehen!« – »Wer hat Angst gehabt?« fragte Klein-Michael wütend. »Was kümmert mich ein Zaunkönignest!« Er stieß mit dem Fuß danach. Das kleine runde Mooshäuschen brach in zwei Stücke, und mehrere Eier flogen umher. Beide Jungen lachten und begannen, mit den Füßen nach den Bruchstücken des Nests zu stoßen. Das Innere war mit kleinen Federn ausgefüttert, die so ineinander verwoben waren, wie es keinem menschlichen Wesen so gut gelungen wäre. Die Jungen zerrissen es vollends und streuten die Stücke umher. Dann bewarfen sie sich mit den Eiern und lachten aufgeregt. Schließlich hörten sie auf, weil sie nicht mehr wußten, was sie tun sollten. Beide seufzten befriedigt. Beide waren sich wieder gut. Die Ursache ihres Streits existierte nicht mehr – sie war von ihren Händen zerstört worden.

»Ich weiß einen Kaninchenbau mit drei Jungen«, sagte Klein-Jimmy.

»Zeig ihn mir«, sagte Klein-Michael, »dann zeig ich dir ein Amselnest mit drei Eiern.«

»Gut«, sagte Klein-Jimmy, und sie zogen los. Sie stiegen über den Zaun, von dem die Zaunkönige aufgeflogen waren. Auf der übernächsten Wiese kamen sie an dem Pärchen vorüber, das schon nach einer neuen Nische suchte. Die Jungen sahen sie nicht – sonst hätten sie ihnen wahrscheinlich ein paar Steine nachgeworfen.

Die Geburt

Die junge Kuh stand auf einem Erdhöcker innerhalb der niedrigen Steinmauer, hinter der die Männer kauerten. Sie betrachteten sie vorsichtig durch die kleinen Ritzen zwischen den lockeren Steinen der Mauer, beobachteten ihre gewölbten Flanken, den langsam hin- und herschwingenden Schwanz und den erhobenen Kopf mit den zuckenden Ohren, die erregt lauschten.

Ein leises Zittern flog über die Flanken, wenn sich etwas in ihr bewegte.

Im Dunkel der Nacht wirkte ihr rotes Fell braun. Die hohe grüne Wiese lag bleich unter einer weichen Nebeldecke da. Obwohl sich kein Windchen rührte, hing doch ein leises Raunen in der Luft. Das Murren des Meeres unterschied sich deutlich vom sanften Geflüster der zahllosen Grashalme, die sich dem fallenden Tau hingebend entgegenstreckten.

Weit in der Ferne, am Abhang der blauen Berge im Osten, schrie ein Brachvogel entsetzt auf, weil ihn das Klirren eines eisenbeschlagenen Pferdehufs gegen einen Stein erschreckt hatte.

Die Männer waren undeutlich zu sehen. Ihre kalten, harten Bauerngesichter zeigten jetzt einen sanften Ausdruck. Jeder einzelne, wie er so zuschaute und sich im nächtlichen Dunkel vor den Blicken seiner Nachbarn sicher wußte, empfand Mitleid und Liebe, deren er sich während des rauheren Umgangs im hellen Tageslicht geschämt hätte... Ein Junge war dabei, der die Lippen geöffnet hatte. Er saß an der Mauer und blickte mit verwunderten Augen zur Seite, in die Nacht hinaus. Der alte Mann mit den verwitterten Händen und glitzernden Augen, der sich auf ein Knie niedergelassen hatte und sich an einem spitzen Stein in der Mauer hielt, murmelte etwas. Die Kuh gehörte ihm. Ein Mann mit einem schwarzen Bart stahl sich geduckt an den Alten heran und flüsterte ihm etwas ins Ohr. Alle lauschten.

»Nicht vor der Morgendämmerung wird es sein«, sagte er.

»Unsinn«, sagte der alte Mann scharf. »Es wird kommen, wenn die Flut wechselt.«

»Du weißt es am besten, Roter Michael. Aber beim ersten Kalb fürchten sie sich vor der Nacht. So ist es immer gewesen, seit ich denken kann.«

»Es ist was Wahres dran«, flüsterte ein kleiner Mann mit einer Tellermütze, der auf den Fersen kauerte. »Beim ersten Kalb fürchten sie die Nacht.«

»Ruhig!« sagte der alte Mann.

Alle lauschten. Die Kuh hatte sich bewegt. Ihre Sehnen waren durch das vermehrte Gewicht überdehnt und knirschten. Auch ihre Hufe, die sie langsam nachzog, waren zu hören, als sie das hohe, bleiche Gras zischelnd teilten. Sie krümmte den Schwanz und nickte mit dem Kopf, und dann schmatzte sie mit der rauhen gelben Zunge über das offene Maul.

»Bald, sehr bald wird es kommen«, sagte der alte

Mann. »Sie wird sich in die Mulde neben das alte Steingrab legen.«

Die Kuh blieb stehen und zitterte. Hinter einer jungen Distel schoß ein Kaninchen hervor; sein unsichtbarer brauner Körper verriet sich nur durch den hüpfenden weißen Kringel seines Schwanzes. Es sprang über einen Höcker und war fort. Die Kuh schnaufte und schnupperte an der Distel. Dann lief ein Schauer über ihre Flanken; sie ging auf den kleinen Steinhaufen zu, der von Dornen überwachsen war. Auch daran schnoberte sie. Dann seufzte sie müde, drehte sich dreimal im Kreis, kniete nieder, erhob sich entsetzt und kniete sich sofort wieder hin. So blieb sie ein paar Augenblicke, schwankte unsicher auf ihren umgeknickten Vorderbeinen und dann, unter lautem Ächzen, ließ sie auch den schweren Hinterleib sinken und legte sich auf die Seite.

»Hoho!« sagte der alte Mann und stand hastig auf. »Die dunkle Nacht kann nichts gegen den Instinkt ausrichten. Sie spüren eben den Mond, wenn Flutwechsel eintritt.«

Auch seine Gelenke knirschten, als er sich erhob, doch war es vor Alter und Rheumatismus.

»Halte den Strick bereit!« sagte der alte Mann zu dem Jungen.

Der Junge sprang hoch und griff hastig nach dem aufgerollten Roßhaarseil, das neben ihm lag.

»Wir wollen uns lieber bis zur Mauerlücke hinaufschleichen«, sagte der Mann mit dem Bart.

»Sachte jetzt, sachte!« flüsterte der alte Mann. »Geht vorsichtig! Pst! Was ist das?«

Sie blickten sich alle um. Hinter ihnen lag ein mit weißen Steinen übersätes, kahles, abschüssiges Feld. Wo es in ein langes Hohl abfiel, lagerte im Halbkreis auf dem Vorsprung eine kleine Herde schlafender Schafe, die den Kopf auf die ausgestreckten schmächtigen Vorderbeine gelegt hatten. Dahinter zeichneten sich durch den nächtlichen Bodendunst die schwachen Umrisse der Dorfhäuser gegen den Sternhimmel ab. Dort unten war es still. Die Sterne funkelten, eine Heerschar weißer, himmlischer Augen, die über die Erde Wacht hielten.

Auf dem Vorsprung tauchte eine Frauengestalt auf, mit kleinem rundem Kopf und schlankem Körper, der unten in die volle Weite ihres langen Rockes ausging. Sie kam näher, vornübergebeugt, eine Hand auf die Hüfte gestützt, während die andre eine Blechkanne trug.

»'s ist die Frau«, sagte einer.

»Sie hätte bei dem Kind bleiben sollen«, murrte der alte Mann.

»Heh«, rief er ihr ärgerlich zu, als sie näherkam, »wer hat dich hergeschickt?«

»Ich bringe die Grütze«, flüsterte sie schüchtern und blickte ängstlich auf die geduckten Gestalten der Männer. »Die alte Frau hat mich hergeschickt. Larry ist noch nicht vom Fischen zurück.«

»Hach!« sagte der alte Mann ein wenig aufgebracht und griff nach der Kanne. »Gib her! 's ist dummer Geiz, fischen zu fahren, wenn doch seine junge Kuh kalben will! Aber«, schloß er mit weicher Stimme, »du bist eine gute Frau.«

Sie war die junge Frau seines Sohnes. Sie reichte ihm die Kanne, in der Hafergrütze war. Sie zog eine kleine Flasche aus ihrem Spenzer und gab sie ihm ebenfalls.

»Sie hat gesagt, bei Nacht könntet ihr frieren, und das hier ... ist ein Schluck zu trinken. Der Bursche beim Pfarrer, der Pateen, hat's heute aus der Stadt mitgebracht.«

»Gott segne die Gabe!« sagten sie alle.

Der alte Mann nahm die Flasche und zog den Korken heraus. Er trank. Sie tranken alle und priesen Gott und die Kuh, die im Begriff war zu kalben.

Dann sagte der alte Mann: »Bleib du hier unten, Nuala, und wir gehen zur Mauerlücke hinauf. Wenn wir dich rufen, kommst du mit der Hafergrütze.«

Sie nickte mit dem Kopf. Stumm gingen sie die paar Schritte bis zur Mauerlücke. Sie konnte hören, wie sie zusammen tuschelten, als sie sich niederkauerten. Sie hörte auch das Stöhnen der Kuh, fürchtete sich aber, durch die Ritzen in der Mauer zu schauen. Jedes kleine Geräusch erschreckte sie, und sie fürchtete sich vor der Tiefe des klaren Nachthimmels. Ein Schaf stand auf, schnaubte durch die Nüstern und begann zu grasen, ohne sich vom Fleck zu rühren. Wie seltsam es klang, wenn das Gras abgerupft wurde!

Welche Stille! Die Gänseblümchen hatten die weißen Blütenblätter nach innen über das gelbe Blütenherz gebogen: viele weiße Blattleitern, auf denen die Tautropfen zur gelben Mitte glitten.

Dann hörte sie den alten Mann, ihren Schwiegervater, wie er laut flüsterte: »Ha! Horcht!«

Sie wandte den Kopf zu ihnen hin und horchte auch. Sie hörte nichts als das Stöhnen der Kuh und das leise

Rupfen der Schafe. Alle Schafe waren jetzt aufgestanden und grasten und nickten mit den Köpfen.

»Das ist's«, sagte einer, »die Flut kommt!«

»So hört sich's immer auf dem Schwarzen Riff an«, sagte die schüchterne Stimme des Jungen. »Ist sie jetzt da, Big Stephen? Sag mir's! Ist sie jetzt da?«

»Ruhig, Junge!« sagten alle.

Dann hörten sie, wie die langen Wellen langsam und mit ein wenig ungehaltenem Ton heranrollten.

Lange Zeit warteten sie wieder schweigend. Dann plötzlich drang von den Männern lautes Gemurmel zu ihr her. Nuala blickte hinauf und sah, wie sie über die Lücke stiegen. Ein Stein rutschte unter dem Zugriff eines Mannes fort und fiel scheppernd auf die Erde. Alle kletterten hinüber und plumpsten dumpf auf die Wiese, und dann zischelten ihre Schritte durchs Gras. »Gott steh dir bei, meine gute Alte!« sagte jemand mit sanfter, ängstlicher Stimme zur Kuh.

»Das Seil! Das Seil!« rief ein andrer. »Gib's her! Dummer Tolpatsch, mach doch den Knoten auf!« Ein ärgerlicher Fluch folgte. Sie bekreuzigte sich.

Nun stampften Füße, und Stimmen schwirrten wirr durcheinander.

»Ruhig, ruhig, mein Schönchen!«

»Gott erbarm sich unser!« sagte sie und stand auf. Sie dachte an ihr kleines Kind und an ihren Mann, der draußen auf dem Meer war, auf den gewaltigen Wellen, die langsam heranrollten. Dann kam eine Stimme:

»Gelobt sei Gott!«

»Frau, komm her! Schnell! Komm schnell! – Bräunchen, Bräunchen, nur ruhig, mein Gutes!«

Sie rannte mit aufgenommenem Rocksaum zur Mauerlücke hinauf und reichte dem Jungen übers Mäuerchen hinweg die Kanne mit der Grütze. Dann kletterte sie hinüber. Sie standen im Kreis um die Kuh und blickten auf etwas im Grase Liegendes. Der alte Mann fuhr mit seinen langen, bedächtigen Fingern über etwas Herumzappelndes.

Alle sprachen jetzt laut und fröhlich.

»Gelobt sei Gott!« sagte sie und beugte sich nieder, um den schönen, kraushaarigen roten Körper des zappelnden Kalbes zu betrachten.

Nun bestreuten sie es mit Hafergrütze und drehten die noch verwirrte Kuh herum, ihrem Kalb zu. Sie traten beiseite. Die Kuh schnupperte an dem Kalb, und dann, noch ohne Ahnung von ihrer Mutterschaft, schrak sie zusammen, weil es den Kopf auf dem schwachen, langen Hals hochhob und wieder fallen ließ. Sie fuhr zurück und schnaubte, und ihre schlaffen Flanken hoben und senkten sich ungestüm.

»Ruhig, ruhig, gute Alte!« murmelte der alte Mann und tat so, als wolle er ihr das Kälbchen stehlen, faßte es unter den Bauch und zog ein wenig daran.

Das Kalb zappelte und ließ einen eigentümlichen Laut hören, den ersten Lebenslaut, ein müdes Stöhnen.

Da stieß die Kuh einen wilden, leidenschaftlichen, stürmischen Liebesschrei aus und stürzte zu dem Kalb hin. Sie hielt ihr Maul dicht vor das seine und starrte es mit wirren Augen an. Dann zitterte sie. Plötzlich brach sie in einen leisen Klageruf aus, einen Ruf großer Qual oder großer Liebe, die nicht gestillt werden kann. Dann mümmelte sie, streckte die rauhe Zunge hervor und leckte ihm ungestüm den Körper ab.

Ihr erster Flug

Die junge Seemöwe stand ganz allein auf dem Felsenvorsprung. Ihre beiden Brüder und ihre Schwester waren schon am Tage vorher fortgeflogen. Sie hatte sich gefürchtet, mit ihnen zu fliegen. Als sie einen kleinen Anlauf bis zur Kante des Vorsprungs gemacht und dort versucht hatte, mit den Flügeln zu schlagen, hatte sie es mit der Angst bekommen. Tief unter ihr erstreckte sich die endlose Weite des Meeres, und es schien so furchtbar weit bis nach unten – meilenweit! Sie war überzeugt, daß ihre Flügel sie nicht tragen würden, deshalb senkte sie den Kopf und rannte zurück zu dem kleinen Spalt im Felsen, wo sie nachts schlief. Selbst als ihre Brüder und die kleine Schwester, deren Flügel viel kürzer als ihre eigenen waren, an die Kante liefen, mit den Flügeln schlugen und fortflogen, brachte sie nicht den nötigen Mut auf, um den Sprung zu wagen, der ihr so entsetzlich erschien. Ihr Vater und ihre Mutter waren gekommen und hatten sie angeschrien, sie gescholten und ihr gedroht, sie hier auf dem Vorsprung Hungers sterben zu lassen, wenn sie nicht fliegen wolle. Doch sie konnte sich nicht vom Fleck rühren, um alles in der Welt nicht.

Das war vor vierundzwanzig Stunden gewesen. Seither war keiner in ihre Nähe gekommen. Gestern, den ganzen Tag hindurch, hatte sie ihren Eltern zugeschaut, wie sie mit den Brüdern und der Schwester umherflogen, ihnen die Kunst des Fliegens immer besser beibrachten und sie darin unterwiesen, über die Wellen zu flitzen und nach Fischen zu tauchen. Sie hatte sogar mitangesehen, wie ihr älterer Bruder seinen ersten Hering fing und, auf einem Felsen stehend, auffraß, während die Eltern ihn umkreisten und ein stolzes Gackern hören ließen. Und den ganzen Morgen war ihre Familie auf der großen Platte unterhalb der gegenüberliegenden Klippe herumspaziert und hatte sie und ihre Feigheit verspottet.

Die Sonne stieg jetzt höher und brannte warm auf den Felsenvorsprung, der nach Süden blickte. Die Möwe spürte die Hitze, weil sie seit gestern, seit Anbruch der Nacht, nichts gefressen hatte: da hatte sie am andern Ende ihres Felsenvorsprungs ein trocknes Stückchen Makrelenschwanz gefunden. Jetzt war kein einziges Krümchen Futter mehr vorhanden. Sie hatte jeden Zollbreit abgesucht und unter dem groben, schmutzverklebten Strohnest gewühlt, in dem sie mit ihren Brüdern und der kleinen Schwester ausgebrütet worden war. Sie hatte sogar die trockenen Reste einer gesprenkelten Eierschale angenagt. Es war, als ob sie ein Stück von sich selbst fräße. Dann war sie mit ihrem grauen Kleid, das von der gleichen Farbe wie die Klippen war, den Vorsprung vom einen Ende bis zum andern auf und ab marschiert, und ihre langen grauen Füße waren zierlich einhergestelzt, und immer hatte sie versucht, eine Möglichkeit zu entdecken, wie sie zu ihren Eltern gelangen könnte, ohne fliegen zu müssen. Doch auf jeder Seite endigte der Vorsprung in einer senkrecht abfallenden Steilwand, und unten war das Meer. Und zwischen ihren Eltern und ihr war ein tiefer, breiter Abgrund. Sie mußte sie doch, ohne zu fliegen, erreichen können, wenn sie einfach die Klippenwand nach Norden entlanglief? Aber wo sollte sie laufen? Ein Felsenband gab es dort nicht, und sie war ja keine Fliege. Und über sich konnte sie nichts entdecken. Die Steilwand stieg völlig senkrecht nach oben, und ihre Spitze war vielleicht noch weiter weg als ihr Fuß unten im Meer.

Die Möwe trat langsam an die Kante des Vorsprungs, stand auf einem Bein, hatte das andere unter den Flügel gesteckt, schloß ein Auge, dann das andre, und nun tat sie, als ob sie schliefe. Noch immer kümmerten sie sich nicht um sie. Sie sah ihre beiden Brüder und die Schwester, die dösend auf der Felsplatte lagen und die Köpfe tief ins Halsgefieder steckten. Ihr Vater strählte sich die Federn auf seinem weißen Rücken. Nur ihre Mutter schaute zu ihr hin. Sie stand auf einem kleinen Höcker der Felsplatte und hatte die Brust vorgestreckt. Hin und wieder zupfte sie an einem Stück Fisch, der vor ihren Füßen lag, und dann wetzte sie die beiden Seiten ihres Schnabels am Felsen. Der Anblick des Futters machte die Möwe rasend. Wie gern hätte sie auch so am Futter gezerrt und hin und wieder den Schnabel gewetzt, um ihn zu schärfen! Sie stieß ein leises Gackern aus. Ihre Mutter gackerte auch und blickte zu ihr herüber.

»Ga-ga-ga!« rief die Möwe und bat die Mutter, ihr Futter zu bringen. »Gau-uh-la!« antwortete die Mutter mit einem höhnischen Kreischen. Doch die junge Möwe schrie unentwegt kläglich weiter, und nach ein paar Augenblicken stieß sie einen fröhlichen Schrei aus. Ihre Mutter hatte ein Stück Fisch ergriffen und flog damit zu ihr herüber. Gierig beugte sie sich vor und trippelte schnell mit den Füßen auf dem Felsen herum, um ihr schon recht nahe zu kommen. Doch als die Mutter sich genau gegenüber befand, auf gleicher Höhe mit dem Felsenband, hielt sie und ließ die Füße schlaff niederhängen. Die Flügel ihrer Mutter waren bewegungslos, und das Stückchen Fisch war fast in Reichweite. Die Möwe wartete überrascht und wunderte sich, weshalb die Mutter nicht näher kam, und dann, halb rasend vor Hunger, schoß sie auf den Fisch los. Mit lautem Gekreische fiel sie vornüber und ins Leere. Ihre Mutter war emporgeflogen. Da ergriff sie ein ungeheures Entsetzen, und ihr Herz stand still. Sie hörte nichts mehr. Doch es dauerte nur einen Augenblick. Im nächsten Augenblick fühlte sie schon, wie ihre Flügel sich ausbreiteten. Der Wind stürzte in ihre Brustfedern, dann gegen den Leib und unter die Schwingen. Sie konnte fühlen, wie die Flügelspitzen die Luft durchschnitten. Sie fiel jetzt nicht kopfüber nach unten. Sie schwebte allmählich hinab und ins Freie hinaus. Sie hatte keine Angst mehr. Nur ein bißchen schwindlig war ihr. Dann schlug sie einmal mit den Flügeln zu und stieg aufwärts. Sie stieß einen fröhlichen Schrei aus und schlug wieder mit den Flügeln. Sie stieg noch höher. Sie hob die Brust und stemmte sich gegen den Wind. »Ga-ga-ga! Ga-ga-ga! Gau-uh-la!« Ihre Mutter schoß vorbei, und ihre Flügel lärmten. Sie antwortete ihr mit noch einem Freudenschrei. Dann flog ihr Vater kreischend über sie hinweg. Dann sah sie ihre Brüder und die Schwester, wie sie um sie herumflogen, Kreise zogen, sich stemmten und aufschwangen und sanken.

Sie hatte ihren ersten Flug hinter sich.

Dann vergaß sie ganz und gar, daß sie jemals nicht hatte fliegen können, und zog selbst Kreise und sank und stieg empor und kreischte schrill dazu.

Jetzt war sie ganz dicht über dem Meer, flog flach darüber hin und blickte weit auf den Ozean hinaus. Unter sich sah sie das endlose grüne Meer, und kleine Rillen zogen über die Oberfläche. Sie legte den Schnabel auf die Seite und krähte belustigt. Ihre Eltern und die Brüder und die Schwester waren vor ihr auf der grünen Matte gelandet. Sie riefen sie mit wildem Kreischen zu sich. Da ließ sie die Füße sinken und wollte auf dem grünen Meer stehen. Die Füße sanken ein. Sie kreischte entsetzt und versuchte, wieder aufzusteigen, und klatschte mit den Flügeln. Doch sie war müde und vor Hunger entkräftet und konnte nicht aufsteigen, so erschöpft war sie nach dem neuen Spiel. Ihre Füße sanken ins grüne Meer, und dann berührte es auch ihren Bauch, und sie sank nicht tiefer ein. Sie trieb auf dem Meer. Und um sie her kreischte ihre Familie und lobte sie, und in ihren Schnäbeln brachten sie ihr kleine Fischfetzen.

Der Meeraal

Er war acht Fuß lang, und in der Mitte hatte er einen Umfang von zwei Fuß. Sein schwarzer, geheimnisvoller Körper glitzerte und schwirrte wie ein Irrlicht in schäumenden Katarakten, als er, sich schlängelnd, über den Grund des Meeres dahinschlüpfte. Die kleinen Augen, die in dem breiten, plattknochigen Schädel weit auseinanderlagen, suchten den Ozean nach Nahrung ab. Gefräßig raste er meilenweit am Fuße der Klippen entlang. Seine Suche war vergeblich, abgesehen von drei jungen Pollacks, die er auf einmal verschlang, ohne in seiner Jagd innezuhalten. Er war sehr hungrig.

Dann bog er um einen scharfen Felsvorsprung und gelangte in eine von Klippen eingeschlossene Bucht, wo die See still und dunkel über ihm stand. Raubgierig blickte er in die dunklen Wasser über sich. Dann schnellte er im Nu den Schwanz herum, wobei er den Körper wie eine sich drehende Schraube wellig zusammenzog, und schoß vor. Sein langer dünner Bart, der ihm wie ein Preiszettel vom Unterkiefer niederhing, fuhr unter den Bauch. Die glasigen Augen hielt er wild auf winzige weiße Punkte geheftet, die weit voraus herumhuschten. Der Meeraal hatte seine Beute erspäht. Eine Meile weiter vorn sah er einen Makrelenschwarm.

Ungestüm überfiel er sie – wie ein Blitz. Er stieg aus

der Tiefe, unterhalb ihrer weißen Bäuche, und packte, noch ehe sein Kopf an die Oberfläche stieß, mit seinen weit geöffneten Kiefern eine Makrele. Dann wurde der ganze Körper schlaff, als wandle ihn eine Schwäche an, und sich überkugelnd und sich wie ein getretener Wurm krümmend sank er tiefer und tiefer, bis er den Fisch schließlich hinuntergewürgt hatte. Sofort reckte er sich wieder in voller Länge aus und schnellte mit dem Schwanz, bereit, neue Beute zu erhaschen.

Der Makrelenschwarm war dicht unter der Oberfläche des Meeres dahingeschwommen, als das gefürchtete Ungetüm unter ihnen erschienen war. Als der Meeraal emporstürmte, hatten sie sich völlig aus dem Wasser und in die Luft geschleudert, was so klang, als würden unzählige Sandkörner in einem riesigen Sieb durcheinandergeschüttelt. Drei Sekunden blitzten und schimmerten die tausend blauweißen Leiber im Sonnenlicht, und dann waren sie verschwunden und hinterließen nur einen großen, wild quirlenden Fleck auf dem dunklen Wasserspiegel. Zehntausend kleine Flossen hatten die Meeresoberfläche zerschnitten, als sie Hals über Kopf flüchteten. Ihre weißen Bäuche waren nicht mehr zu sehen. Sie tauchten in die tiefste Tiefe, wo ihr blauschwarzer Rücken, der die Farbe des Meeres hatte, sie den Blicken des Feindes entzog. Der Aal stürmte in riesigen Achtern auf und ab; aber er hatte sie verloren.

Nur halb gesättigt schweifte er eine Viertelstunde wie von Sinnen umher, der Riese der Tiefe, und schwamm mit unglaublicher Geschwindigkeit weiter und weiter. Dann endlich hatten seine kleinen Augen die Beute wieder gesichtet. Kleine weiße Flecken hingen wie vergehende Gischtbläschen über ihm im Meer. Er stürzte hin. Er sperrte die Kiefer auf, als die Flecken Gestalt annahmen und dicht vor seinen Augen flackerten. Doch gerade, als er die vorderste Makrele hinunterschlingen wollte, spürte er einen heftigen Stoß. Dann preßte etwas Hartes und doch Unfaßbares gegen seinen Kopf und fegte den Rücken entlang. Er sprang und schoß Purzelbaum. Die harte, zupackende Masse wickelte ihn vollständig ein. Er steckte in einem Netz. Und rings um ihn her zappelten Makrelen mit schnappenden Mäulern in den Maschen.

Erschrocken und entsetzt hielt der Aal zwei Sekunden still. Ringsum sah er ein Gewebe aus schwarzen Fäden, das wunderbarerweise überall im Wasser hing, und in diesem Gewebe standen, wie erstarrt, Makrelen mit keuchenden Kiemen. Einige hatten sich mit Kopf und Schwanz verfangen, so daß ihr Leib sich wie ein Bogen krümmte, andre hatten sich in den ungleichmäßigen Falten vollkommen verheddert, und manche hatte ein einzelner schwarzer Faden fest unter den Kiemen abgeschnürt. Glitzernd schwankten sie in der Strömung hin und her, ein Schwarm von Fischen, der in der Tiefe stranguliert worden war.

Der Meeraal begann nun wild zu kämpfen, um zu entfliehen. Er warf sich hierhin und dorthin, schwang den langen, schlüpfrigen Rumpf rückwärts und vorwärts, schlug mit dem Maul um sich und stürmte plötzlich mit aller Gewalt vor, so daß die Wassermenge um ihn her strudelte. Er zerschlitzte und zerfetzte das Netz und schnitt ihm große, klaffende Wunden.

Doch je mehr er es zerriß und zerfetzte, desto tiefer verwickelte er sich. Er befreite nicht sich selbst, aber er befreite einige Makrelen. Steif und gelähmt fielen sie aus den zerrissenen Maschen in die Tiefe und sanken wie lebloses Zeug. Dann plötzlich schienen sie eine um die andre aus dem Schlaf zu erwachen, peitschten mit dem Schwanz und schossen davon, während der Riesenaal sich Schlinge um Schlinge des Netzes um den schlüpfrigen Rumpf wand. Endlich lag er erschöpft und halb erdrosselt still und keuchte.

Dann spürte er, wie er im Netz nach oben gezogen wurde. Das Netz schloß sich noch fester um ihn, so daß die kleinen, glitzernden Makrelen, die wie er gefangen waren, gegen seine Seite scheuerten und weich und kraftlos neben ihm lagen, während alle mit ihm zusammen nach oben geholt wurden. Er lag still. Er kam an die Oberfläche und keuchte, aber sonst rührte er sich nicht. Dann wurde er mühsam über Bord gezogen und plumpste schwer in den Bootsboden.

Die beiden Fischer im Boot fingen laut zu fluchen an, als sie den ungeheuren Aal sahen, der ihr Netz zerrissen und ihren Fang verdorben hatte. Der Alte bei den Rudern im Bug rief: »Mach ihn frei und schlag ihn tot, den Sauhund!« Der junge Mann, der das Netz einholte, blickte entsetzt auf das schlüpfrige Ungetüm, das ihm zwischen die Füße gerutscht war und mit listigen Augen zu ihm aufsah – so listig, als wäre es ein Mensch. Er zitterte fast, als er das Netz aufnahm, um die Schlingen zu entwirren. »Schneide es mit dem Messer auf!« schrie gellend der Alte, »ehe er noch mehr Schaden anrichtet!« Der junge Mann zog sein Messer aus dem Dollbord – er hatte es ins Holz gespickt –, schnitt das Netzwerk durch und befreite den Aal. Mit jäher, erschreckender Wendung glitt der Aal über den Bootsboden, um sich in voller Länge auszustrecken.

Dann machte er kehrt, wobei er das Boot ins Schwanken brachte, weil sein wirbelnder Schwanz gegen die Bootswände schlug, indes der Bauch durch das Wasser planschte, das unten im Boot stand. Die beiden Männer schrien auf und riefen gleichzeitig: »Er ertränkt uns noch! Schlag ihn tot!« und: »Hau ihm auf den Nabel!« Beide griffen nach dem kurzen dicken Knüppel, der mittschiffs an einem Pflock hing. Der junge Mann erwischte ihn, bückte sich und schlug auf den Aal ein. »Hau ihm auf den Nabel!« schrie der Alte. »Fang ihn, fang ihn und dreh ihn um!«

Beide bückten sich, beide krallten nach dem Aal und fluchten und keuchten, indes das Boot bedenklich schwankte und der riesige Meeraal mit erstaunlicher Geschwindigkeit herumglitt. Sie wollten ihn an den Seiten packen, aber ihre Hände rutschten wie Schlittschuhe auf Eis an ihm ab. Sie umklammerten ihn mit den Knien, sie standen auf ihm, sie versuchten, sich längelang auf ihn zu werfen, doch vor lauter Verwirrung konnten sie ihn nicht fangen.

Dann endlich konnte ihn der junge Mann mit beiden Armen aufheben. Er hatte ihn in der Mitte gepackt und hielt ihn, als wollte er ihn totquetschen. Er taumelte mit ihm hoch. »Jetzt hau ihm auf den Nabel!« schrie er dem Alten zu. Aber plötzlich taumelte er rückwärts. Das Boot schaukelte. Mit einem Fluch ließ er den Aal fahren und griff um sich, weil er wieder ins

Gleichgewicht kommen mußte. Der Kopf des Aals fiel über das Dollbord. Sein Maul berührte das Meer. Mit einem mächtigen Schauder glitt er fort, senkrecht hinunter, hinunter in die Tiefe, hinunter wie ein Pfeil, bis er die dunklen Felsen auf dem Meeresgrund erreichte.

Dann streckte er sich zu voller Länge aus und hetzte in weitem Bogen seinem Standplatz zu: der war fern in der stummen Tiefe.

Der kleine weiße Hund

Ein junger Bulle graste auf einer grünen Weide oberhalb des Dorfes.

Es war ein herrlicher Sommermorgen. Das Gras war köstlich, da die Sonne den daraufliegenden Tau noch kaum getrocknet hatte. Die Grashalme glänzten und waren feucht. Ein feiner Dunst stieg von der Erde auf, und zwischen den Büschen der Hecke hingen hauchzarte Gespinste gleich schimmernden Vorhängen aus blasser Seide. Überall tönte es betörend nach Leben: Insekten zirpten, Bienen summten, Vögel zwitscherten. Kleine Nebelwölkchen hoben sich in die Lüfte, und hoch oben im Blauen, wo über den braunen Gipfeln der fernen Hügel die Sonne stand, schimmerten blendend goldene und weiße Wolkenbänke wie Tore zum Paradies.

Der junge Bulle fraß ungestüm von dem saftigen, betauten Gras, bis er gesättigt war. Dann fing er an, auf der Weide herumzutraben, schwang seinen kurzen Schwanz und stieß mit seinen jungen Hörnern in die Luft. Er war erst ein Jahr alt und ahnte von seinem Geschlecht fast noch nichts; doch an diesem Morgen verspürte er zum ersten Mal eine merkwürdige Berauschtheit, an der die wilden, aufregenden Düfte schuld waren und das kräftige Futter, das er verzehrt hatte. Es verlangte ihn nach Gesellschaft und wildem

Austoben. Ein seltsamer Kitzel lief unter seinem Fell hin, und seine Beine schienen sich wie von selbst zu heben und mit unnötiger Gewalt auf die Erde zu stampfen. Seine Augen wurden feucht. Das Blut stieg ihm zu Kopfe, und wie einem angetrunkenen Mann war es ihm unmöglich, ein heftiges Gebrüll zu unterdrücken. Doch weil er noch nicht richtig zu brüllen verstand, wurde daraus nur ein schwaches Muhen in der Kehle, und er sabberte aus dem Maul wie ein hungriges Kalb.

Dann plötzlich war ihm lustig zumute, und er begann, seinem Schatten nachzutraben, sprang auf ihn ein und stieß mit der Stirn gegen den Boden.

In der entlegeneren Ecke der Wiese stand eine Pumpe – etwa fünfzig Meter von der Hecke entfernt. Ein Pfad im Gras führte vom Holztor in der Hecke bis zur Pumpe. Jenseits des Tores lief ein schmaler Feldweg den Abhang hinunter und zum Dorf. Die Dorfleute holten sich hier am Brunnen ihr Wasser. Immer betrachtete der junge Bulle die Leute, die zur Pumpe kamen, mit großem Interesse und Vergnügen. Meistens stand er in einiger Entfernung, schnaubte und stieß lange Rauchfahnen aus seinen Nüstern. Es unterbrach die Eintönigkeit des Tages, wenn er die Leute beobachten konnte, wie sie kamen und gingen, und wenn er dabei dem quietschenden Geräusch lauschte, das sie mit dem Pumpenschwengel machten.

Er strolchte gemächlich zur Pumpe hinüber und hoffte, jemand zu sehen.

Gerade da erschien am Holztor ein kleiner Junge, der einen Eimer und eine Schöpfkelle aus Blech trug.

Der kleine Junge pfiff. Als der Bulle den kleinen Jungen sah, verspürte er ein seltsam melancholisches Gefühl, und es gelüstete ihn, etwas Heftiges zu tun. Deshalb brüllte er und scharrte mit seinem Huf über den Boden. Der kleine Junge schloß das Tor, stand still und starrte den Bullen an. Der Bulle stand auch still – zwischen ihm und der Pumpe. Der Junge rief ihn an. Der Bulle warf den Kopf hoch. Der Junge kam ein paar Schritte näher und ging sehr gerade. Der Bulle fing an zu zittern und machte mit seiner Kehle ein paar murrende Laute. Sein Körper erstarrte, und vor Spannung wurde ihm schwindlig im Kopf. Der Junge rief ihn wieder an und trat noch einen Schritt näher. Er begann, mit der Schöpfkelle gegen den Eimer zu rattern, um den Bullen zu ängstigen. Das Geräusch regte den Bullen auf, und er stürmte mit gesenktem Kopf vor. Sein kurzer Schwanz stand zitternd ab, und die kleine Franse aus langen Haaren daran flatterte hin und her. Der Junge stieß einen Schreckensruf aus, floh von der Weide und schleuderte das Tor hinter sich zu. Der Bulle machte vor dem Tor eine Schwenkung und galoppierte dann herum, lief Achter und sprang und warf den Kopf in die Luft. Er war begeistert, weil er dem Jungen einen solchen Schreck eingejagt hatte. Es war ihm nicht länger zornig zumute, doch fand er, daß dies ein herrliches neues Spiel sei und daß er von nun an jeden hetzen werde, der auf die Weide käme. Und in seiner Freude lief er auf die Pumpe zu und begann, mit seiner Stirn dagegen zu hämmern.

Nach ein paar Minuten hörte er Stimmen, die sich dem Holztor näherten. Er blickte auf. Zwei kleine

Jungen kamen den schmalen Feldweg entlang und aufs Holztor zu. Über den glänzenden feuchten Büschen sah er ihre Köpfe auf- und abhüpfen.

Der kleine Junge, der ausgerissen war, kehrte jetzt in Begleitung eines andern Jungen zurück, der ein klein wenig größer war. Der zweite Junge redete dreist daher und fuchtelte mit der Hand. Er trug etwas Weißes unter seiner Jacke.

Als sie durchs Tor traten, trabte der Bulle langsam auf sie zu und murrte. Dann blieb er plötzlich stehen und schnaubte, weil er das weiße Ding erblickte, das unter der Jacke des größeren Jungen zappelte und winselte. Der Junge setzte das weiße Ding auf die Erde und hielt es an den Ohren fest. Es war ein winziger weißer Hund mit schwarzen Flecken auf den Ohren. Er war so klein, daß ihm das Gras bis an die Brust reichte, als er auf der Erde stand. Seine Beine waren spindeldürr, und der Schwanz war so lang und dünn wie ein Rattenschwanz. Der Bulle witterte ihn selbst auf diese Entfernung, und es war ein ekelhafter Geruch. Eine ungewöhnliche Empfindung, halb Furcht, halb Widerwille, überkam ihn.

Dann begann der Junge den kleinen Hund zu schütteln, indem er ihn bei den Ohren packte und ihm etwas zurief. Der andre kleine Junge zeigte dauernd auf den Bullen und schrie dazu mit lauter, schriller Stimme. Der Hund begann in den höchsten Tönen zu kläffen. Er fletschte die Zähne, kratzte mit den Hinterbeinen die Erde auf und versuchte loszustürmen. Dann gab ihn der Junge frei, und der kleine Hund stürzte vorwärts.

Er war so klein und schwach, daß er über das nasse Gras stolperte und sich beim ersten Ansturm überschlug. Dann stand er auf und kläffte schrill, blickte sich nach dem Jungen um und hatte die eine Vorderpfote hochgehoben. Die Jungen drohten ihm mit erhobener Faust und trieben ihn an. Er rannte dem Bullen entgegen, schnappte nach Grashalmen, blieb stehen, um sich die nassen Pfoten zu lecken, und sah sich wieder voller Argwohn nach dem Jungen um. Als er in die Nähe des Bullen kam, sträubte sich das Haar auf seinem Nacken. Er klemmte den Schwanz zwischen die Beine und machte einen krummen Buckel – wie eine Katze.

Der Bulle hatte ihn, als er näher kam, betroffen beobachtet. Er stand vollkommen still, mit gesenktem Kopf und zitternden Flanken. Der näherkommende Hund, der so klein war, daß er ihn kaum durchs hohe Gras krabbeln sah, flößte ihm das größte Entsetzen ein. Er wußte nicht, was er von dem merkwürdigen kleinen weißen Ding mit dem üblen Geruch halten sollte. Er spürte eine Anwandlung, auszureißen. Doch als der Hund stehenblieb und den Schwanz zwischen die Beine klemmte, konnte sich der Bulle nicht länger beherrschen und stürzte brüllend vor. Der winzige Hund sprang in die Luft und begann, wütend zu kläffen. Als der Bulle über ihm stand, sprang er beiseite, schnappte nach dem Kopf des Bullen und streifte sein Maul.

Da allerdings war der Bulle von Entsetzen überwältigt. Er warf den Kopf in die Luft, brüllte laut und nahm Reißaus. Mit erhobenem Schwanz galoppierte er schnaubend über die Weide davon und riß mit seinen fliegenden Hufen die Grasdecke auf. Er verschwand hinter der Kuppe eines Erdwalls in einer Mulde, und eine lange Rauchfahne seines heißen Atems flatterte ihm nach.

Nun wurde der kleine Hund dreist und tollkühn. Er trabte hinter dem fliehenden Bullen drein, bellte und schnappte nach nicht vorhandenen Fliegen. Von Zeit zu Zeit blickte er sich nach den vergnügten Jungen um. Dann trabte er wieder weiter, warf das Vorderbein zimperlich vor und hob den Schwanz wie einen Kringel in die Höhe.

Er und sie

Eines Morgens im Vorfrühling saß eine Amsel auf einem Zweig und sang. Aus voller Kehle sandte sie ihre lieblichen Weisen der aufgehenden Sonne zu Ehren in die Lüfte.

Das leuchtende Gestirn verströmte Myriaden Sonnenstrahlen auf die betaute Erde. Sie tanzten auf den schimmernden Leibern der kahlen Bäume. Sie erwärmten die feuchten Knospen, die an den obersten Zweigspitzen bereits aufbrachen. Aus der Erde stieg würziger Dunst auf, die Düfte unzähliger Pflanzen und Kräuter, die ihren ersten Atemzug taten. Und lärmend wie das Getöse wilder Gießbäche, die in Bergschluchten über blankgeschliffene Kiesel fließen, machte ein großer Vogel-Chor sogar die Luft freudetrunken.

Obwohl die Amsel hingerissen sang, klang jeder Ton doch wie ein merkwürdig klagendes Rufen. Zitternd saß sie auf dem Zweig und rief nach einem Weibchen.

Und dann, wie ein Geschenk der Sonne, zu der sie sang, setzte sich plötzlich ein Weibchen sachte neben sie auf den Zweig. Sie war weniger dunkel als das Männchen, und ihr Gefieder glänzte nicht im Sonnenschein. Ihr Schnabel war nicht golden. Doch sie hatte einen wunderschönen, schlanken Körper. Als er sie erblickte, gefiel sie ihm sehr, und ihre Anmut weckte

Verlangen in ihm, die Flügel über sie auszubreiten und sie mit aller Kraft zu liebkosen. Deshalb sang er seine wildesten und holdesten Weisen, um sie zu bezaubern und näherzulocken.

Sie streckte den Hals vor und hüpfte ein klein wenig auf ihn zu. Dann saß sie, ohne sich zu rühren, mit vorgestrecktem Hals und blinzelnden kleinen Augen, als sei sie wie geblendet von der Schönheit seines goldenen Schnabels, seiner schimmernden Federn und der herrlichen Kehle.

Dann wurde er vor überquellender Leidenschaft heiser und hörte zu singen auf. Auch er streckte seinen Hals vor und blinzelte mit den Augen. Er breitete die Flügel aus und plusterte die rundgewölbte Brust auf. Er stieß leidenschaftliche Laute aus und trippelte auf sie zu. Doch anstatt ihn zu begrüßen, flatterte sie nach oben auf einen andern Zweig und sah dann mit auf die Seite gelegtem Kopf zu ihm nieder, als sei sie ungehalten.

Ein Weilchen blickte er sie dümmlich an. Dann schwand die jähe, leidenschaftliche Aufwallung. Er tat ebenso verschmitzt wie das Weibchen. Er zwitscherte und schüttelte sich. Er hüpfte fort, hob den Schnabel und sang ein paar sehr herrische Takte, als riefe er einem andern Weibchen seine Aufforderung zu.

Er holte sie heran. Nun war sie die Erregte und näherte sich ihm wieder mit vorgestrecktem Schnabel. Jetzt tat er, als sähe er sie nicht. Doch als sie ganz nahe war und ein klein wenig zwitscherte, breitete er wieder die Flügel aus und bot sich ihr an. Sofort entfloh sie, nach unten, und dann schwenkte sie plötzlich ein und segelte wie eine Schwalbe zwischen den Bäumen. Er wurde wütend. Er stieß einen wilden Ruf aus, der im Wald widerhallte, und machte sich an die Verfolgung.

Sie verließen den Wald und folgten dem Lauf eines von Weidenbäumen besäumten Baches, bis sie sich schließlich am Ufer zwischen den nassen Wurzeln eines überhängenden Busches versteckte. Dort fand er sie. Sie leistete keinen Widerstand. Schnabel an Schnabel, zwitschernd und mit flatternden Schwanzfedern, vereinigten sie sich am stillen Bach. Dann kehrten sie in den Wald zurück.

Jetzt folgte sie ihm wie eine Gefangene, und als er, nach Futter suchend, über den Boden hüpfte, wartete sie hinter ihm, bis er ihr ein Stück anbot oder vor ihren Augen einen zappelnden Wurm voller Stolz hin und herschüttelte. Später stand sie in seiner Nähe, während er für sie sang, und als die Nacht kam, schlief sie neben ihm im Efeu, der um den Stamm einer alten Eiche wuchs.

Viele Tage zogen sie durchs Gehölz und genossen ohne Mühe und Sorge ihre junge Liebe. Denn Nahrung war im Überfluß da. Die gastliche Erde tat ihre Poren auf und bot ihren stechenden Schnäbeln einen auserlesenen Vorrat an Würmern und Insekten und jungen Keimen. Wenn er nicht fraß, saß er den ganzen Tag und sang, oder er spielte mit ihr. In der Morgenstunde sang er, wenn die Sonnenstrahlen die stummen, gespenstigen Schatten der Nacht verscheuchten. Und in der Mittagszeit, wenn die Sonne hoch stand, jubilierte er wieder. Doch sein leidenschaftlichstes Lied ertönte in der Dämmerstunde, und es war, als riefe er der scheidenden Sonne nach, wie voller Angst, daß sie nie wieder scheinen würde.

Dann eines Tages begann sie mit großer Umsicht die Zweige eines Weißdornbusches zu erforschen. Zuerst schien er ihre Absicht nicht zu verstehen, denn er begann zu zwitschern und sie wie im Spiel zu umflattern. Doch sie war ganz ernst und nicht zu Späßen aufgelegt, deshalb hackte sie ärgerlich nach ihm, als er sie streifte. Nun stellte er sich auf einen Zweig und beobachtete sie voller Interesse. Schließlich setzte sie sich in eine kleine Höhlung, wo drei Zweige aus einem Stamm hervorwuchsen und ein gemütliches Eckchen bildeten. In dieser Gabelung drehte sie sich ein paarmal um sich selber und stemmte sich mit ihrer Brust gegen die Zweige. Dann, nachdem sie ihre Erforschungen beendet hatte, hüpfte sie ein Stück aufwärts, blickte nieder und legte den Kopf sehr weise von einer Seite auf die andre. Dann flog sie um den Busch herum, und von verschiedenen Punkten aus unternahm sie rasche Vorstöße in den Busch hinein. Dann flog sie auf die benachbarten Bäume und Büsche, blickte sich um und prüfte die Umgebung. Zu guter Letzt ließ sie sich auf der Erde nieder und hüpfte umher. Er folgte ihr überallhin und stieß kleine Rufe aus, mit denen er sie etwas fragte. Sie beachtete ihn nicht. Jetzt hatte es den Anschein, als sei er der Gefangene, der ergeben ihren Spuren folgte.

Als sie mit ihrem Schnabel ein Klümpchen aus Gras und feuchter Erde aufnahm und damit zum Weißdornbusch flog, begriff er, was sie im Sinn hatte. Er pickte auch ein kleines Klümpchen auf und folgte ihr. Sie hatten begonnen, ein Nest zu bauen.

Das Bauen des Nests erforderte sehr viel Zeit, weil sie darauf bestand, alles selbst auszuführen. Sobald er etwas Moos oder ein Zweigstück hinzufügte, nahm sie es weg und tat's woanders hin. Ihr Vorhaben wurde sehr geheim betrieben, und beide Vögel machten mit dem Baustoff im Schnabel große Umwege, um zu vermeiden, daß sie gesehen wurden. Manchmal wurde ihre Arbeit durch die Notwendigkeit unterbrochen, andere Vögel aus ihrem Busch zu verscheuchen. Die kleineren Vögel flohen schnell, aber ein Drosselpaar, das auch ein Heim suchte, bereitete ihnen großen Ärger und konnte nur durch ständiges Schelten, das einen ganzen Nachmittag anhielt, hinausbefördert werden. Dann endlich war das Nest im Rohbau fertig. Nun setzte sie sich hinein und begann, es mit Federchen auszufüttern, bis es wunderschön aussah und man glauben konnte, daß es immer dort gewesen war oder etwa wie eine Blume gewachsen oder von einem Geistchen aus der unsichtbaren Welt gebaut worden war. Ja, es war wirklich so wunderschön, daß es fast unmöglich war, sich vorzustellen, wie zwei kleine Vögel mit ihren Schnäbeln so etwas gemacht und die Brust dazu benutzt hatten, um es zu glätten und seine Rundungen zustande zu bringen.

Nun war sie allerdings mächtig stolz. Auf einem Baum gegenüber vom Weißdornbusch setzte sie sich neben ihn, und er sang eine Stunde oder noch länger. So freuten sie sich über das Nest, das sie gebaut hatten.

Sie hatten ihre Arbeit gerade zu rechter Zeit beendet,

denn am nächsten Morgen legte sie ein Ei in das Nest. Sie legte noch drei weitere Eier, und dann saß sie in einer merkwürdigen Stellung auf dem Nest, als sei sie ohnmächtig oder von einer Krankheit befallen. Er wurde noch zärtlicher zu ihr. Er holte ihr Nahrung und umkreiste den Busch, um ihn vor Feinden zu schützen.

Seit sie begonnen hatte, auf den Eiern zu sitzen, schien die Sonne acht Tage lang ununterbrochen. Das Gehölz war so heiter in diesem strahlenden Licht und bei all den fröhlichen Wachstumsdüften. Dann verschwand die Sonne. Der Himmel wurde dunkel. Ein Wind erhob sich. Schwarze Wolken zogen über das Gehölz und entließen träge graue Nebelfahnen aus ihren niederhangenden Bäuchen. Die Luft wurde eiskalt. Als der Morgen dämmerte, war die düstere Erde mit Reif bedeckt, der ihre Poren schloß und die Insekten tief in den Boden scheuchte. Für die Vögel war kein Futter da. Das Wachstum kam zum Stillstand, und viele Knospen, die von der Sonne hervorgelockt worden waren, verschrumpften auf den Ästen. Das Amsel-Männchen sang nicht mehr so fröhlich. Sie aber saß noch immer mit dem gleichen Ausdruck schlaftrunkenen Glücks in den Augen auf ihren Eiern.

Es wurde noch kälter. Ein schreckliches Schweigen senkte sich aufs Gehölz, bis schließlich das Knacken eines Zweiges oder das Flattern eines Drosselflügels schon ein lautes Geräusch war. Ein farbloser Nebel sperrte den Himmel aus. Dann begann es zu schneien.

Kurz vor Morgengrauen fielen die ersten Flocken schweigend vom Himmel nieder. Doch sanken sie so schnell, daß die Erde bei Anbruch des Tageslichts schon mit einer reinen weißen Hülle bedeckt war. Die Bäume nahmen seltsame Formen an. Auf den Zweigen sammelten sich kleine Schneehügel und fielen mit sanftem Plumps zu Boden. Das Niederfallen war der einzige Laut im Gehölz, denn die Vögel waren verstummt; sie zitterten in ihren Verstecken und waren entsetzt über die fremden weißen Flocken, die da vom Himmel niederschwebten.

Die Amsel saß im Weißdornbusch auf einem Zweig über dem Nest, auf dem das Weibchen brütete. Das Männchen war voller Ängste, denn es gab kein Futter mehr, und der nasse Schnee plumpste von den obersten Zweigen durch den Busch und auf den Rücken des Weibchens. Und die Kälte war groß. Im Laufe des Tages, als immer noch Schnee fiel, verließ er den Weißdornbusch und flog aus dem Gehölz fort, weit über die Felder, bis er zu einem Haus kam. Dort waren viele Vögel, die Futter suchten, das vielleicht auf Abfallhaufen zu finden sein mochte. Aber obwohl er manche Stunde dort herumflog, fand er nichts. Dagegen hätte ihn beinahe eine Katze erwischt, die hinter der Tür eines Schuppens auf der Lauer gelegen hatte. Deshalb flog er zum Nest zurück. Das Weibchen war noch da und lag auf den Eiern. Die Nacht kam. Er blieb neben dem Nest im Busch. Sie rührte sich nicht und blickte ihn nicht an, doch schien sie noch immer wie ohnmächtig vor Liebe.

Am andern Morgen schneite es weiter. Kein einziger Vogel sang. Das Gehölz war stumm wie eine Wüste, und die großen weißen Baum-Ungetüme standen wie vermummte Gespenster da. Entsetzen packte das

Amsel-Männchen, und es wollte das Weibchen dazu bewegen, das Nest zu verlassen und mit ihm in die Wärme eines Schuppens auf dem Ackerland zu fliegen. Aber sie weigerte sich. Das kleine Geschöpf war vor Kälte und Hunger schon halb steif, doch konnte es die Eier nicht verlassen, deren Wärme es durch sein Brustgefieder spürte.

Das Männchen flog wieder fort und schaute nach Nahrung aus. Er fand nichts. Er kehrte zum Busch zurück und war durchfroren und schwach vor Hunger. Er setzte sich auf einen Zweig über dem Nest, stieß einen kläglichen Laut aus und wurde ohnmächtig.

Ein fröhlicher Ruf weckte ihn, den eine in der Nähe auf einem Baum sitzende Drossel ausgestoßen hatte. Er öffnete die Augen. Oh! Es war früher Morgen, und die Sonne brannte vom Himmel. Die weiße Erde glitzerte. Der schmelzende Schnee fiel von den Bäumen. Die Vögel begannen zu singen. Auch das Amsel-Männchen öffnete den Schnabel und jubilierte. Dann blickte es nach dem Nest. Sein Weibchen saß noch immer bewegungslos da. Er flog aus dem Busch, wild vor Hunger. Er verließ das Gehölz und streifte die Weiden entlang, die den Bach besäumten. Dort am Ufer des Baches sah er den Kopf eines großen Wurms aus der Erde hervorschauen. Er stürzte sich darauf und zog ein großes Stück heraus. Er legte es auf einen Stein und hackte es mit dem Schnabel in zwei Hälften. Er schluckte ein Stück hinunter und flog in wilder Freude mit dem Rest zurück.

Als er beim Nest anlangte, begann er zu zwitschern und mit dem Kopf zu wippen, um die Aufmerksamkeit des Weibchens auf sich zu lenken. Sie rührte sich nicht. Er kam näher, beugte sich tiefer und ließ den Wurm vor ihrem Schnabel baumeln. Sie rührte sich nicht. Er stand aufrecht da und stieß einen eigentümlichen Schrei aus. Er neigte sich über sie, wartete und pickte sanft nach ihr. Sie rührte sich nicht. Da hüpfte er entsetzt zurück.

Dann stürzte er wütend vor und hieb auf ihren Kopf ein. Er überfiel sie mit seinen Krallen und stieß mit seiner Brust gegen sie, bis er sich selbst ins Nest gezwängt und sie über den Rand gestoßen hatte. Ihr steifer Körper fiel wie ein Stein von Zweig zu Zweig, bis er auf die Erde aufschlug.

Ein paar Augenblicke saß das Männchen still auf den Eiern. Dann spürte er sie eiskalt an seiner Brust.

Er stieß einen schrillen Jammerlaut aus und flog in größter Hast aus dem Busch.

Zwei Hunde

Der Fischer Feeney besaß zwei Hunde. Der eine war ein Dorfköter, ein schwarzer Hund mit breiter Brust, ein wilder Kerl. Der andre war ein gelber, schlanker und schöner Greyhound. Die beiden Hunde waren Todfeinde. Der Dorfköter war fünf Jahre alt, als Feeney den Greyhound als ganz junges Tierchen erwarb. Vor dem Ankauf des Greyhounds lebte der Dorfköter mit Feeney allein in der Hütte, folgte ihm jeden Tag zum Fischen auf die Klippen hinaus und jagte Kaninchen. Wenn er eins erlegte, was nicht allzuoft geschah, weil er nicht flink genug war, dann trug er es in der Schnauze zu Feeney und wedelte stolz mit dem Schwanz. Er liebte Feeney sehr und war vollkommen glücklich. Jedermann fürchtete ihn wegen seiner Wildheit, und alle Hunde im Dorf und in der ganzen Nachbarschaft rissen aus, wenn sie ihn kommen sahen.

Dann kam das junge Hündchen in die Hütte, und der Köter war nicht länger glücklich. Er sah wütend zu, wie Feeney das Junge herzte und mit Milch fütterte, während er sich mit Kartoffeln und Fischköpfen begnügen mußte. Er saß auf den Hinterschenkeln und beobachtete, wie das langbeinige Hündchen auf dem Fußboden herumschnüffelte oder an Feeneys Hosenbeinen zerrte, und wenn sich einmal Gelegenheit bot, dann biß er es. Doch jedesmal, wenn er es biß, schlug ihn Feeney, und oft mußte er auf dem Rücken liegen und es dulden, daß der junge Greyhound ihn an der Kehle zupfte und auf ihm herumtollte. Dann riß er jedesmal wild die Schnauze auf und ließ die Zunge herausbaumeln, aber seine Wut durfte er nicht stillen.

Das Hündchen wuchs auf und fing an, Feeney zum Fischfang in die Klippen zu begleiten. Es war noch im Wachstum und häßlich, und sobald ein fremder Hund in seine Nähe kam, warf es sich auf den Rücken und winselte. Daher verachtete es der Dorfköter und glaubte fest, daß Feeney ein so häßliches und feiges Geschöpf ihm niemals vorziehen würde. Eines Tages prügelte Feeney den jungen Greyhound, weil er vor einem halbblinden, räudigen Terrier ausgerissen war, und das machte den Dorfköter ganz glücklich. Er gewöhnte sich an, selbst in Gegenwart seines Herrn nach dem Greyhound zu schnappen, und es wurde ihm nicht untersagt. Der junge Greyhound begann den Köter zu hassen und wurde rasend eifersüchtig auf seine breite Brust, seine Kraft und seinen Mut.

Dann wuchs der Greyhound zu seiner vollen Größe heran, und er bot einen prächtigen Anblick. Er war fast doppelt so hoch wie der Köter, und seine Schnauze war so lang und spitz, daß er den letzten Tropfen Milch aus einem hohen Glas schlecken konnte, ohne an dessen Seitenwände zu stoßen. Sein gelbes Fell glänzte wie Seide, und an Schnelligkeit übertraf er alle. Er konnte, fast ohne einen Muskel zu bewegen, aus dem Stand glatt über Feeneys Kopf springen, ohne ihn zu berühren. Feeney freute sich mächtig über ihn, und alle Nachbarn blieben stehen und rühmten ihn, so daß der Dorfköter vor Eifersucht bösartig wurde und die Nächte durch heulte, bis Feeney aufstehen und ihn mit dem Besenstiel verprügeln mußte.

Doch als die Jagd auf Kaninchen wieder einsetzte, wandte sich das Glück gegen den Greyhound. Er konnte nur langsam eine Spur aufnehmen, und wenn er eine hatte, konnte er ihr nicht folgen. Während also der Köter nach allen Regeln der Kunst Witterung nahm, rannte der Greyhound wie toll umher, war halb verrückt vor Aufregung, sprang mit erhobener Nase über Steinmäuerchen und erwies sich als vollkommen unbrauchbar. Dann, wenn der Köter das Kaninchen aufgestöbert hatte, überholte ihn der Greyhound mit wenigen Sprüngen, konnte jedoch das Kaninchen wegen seiner eigenen unerhörten Geschwindigkeit nicht stellen, auch nicht wegen des felsigen Untergrunds, denn die Steine schnitten ihm in die zarten Pfoten, so daß er stolperte. Und immer geschah es, daß der Greyhound dem Köter das Kaninchen in die Fänge trieb, denn der Köter war alt und erfahren und kannte das Gelände und die Gewohnheiten der Kaninchen bis ins letzte. Er wußte, wann man ihnen über eine Mauer nachsetzen und wann man dahinter warten mußte. Er wußte, nach welcher Seite hin das Kaninchen einen Haken schlagen würde, und wann. Daher fing er sämtliche Kaninchen und der Greyhound kein einziges. Fast jeden Tag erschien der Köter oben auf den Klippen mit einem Kaninchen in der Schnauze und legte es Feeney zu Füßen. Dann sprang er vor Freude, raste wild auf den Greyhound los und kam fröhlich bellend wieder zurück, als wollte er Feeney erzählen: »Da ist auch noch dieser unnütze Greyhound!« Mit der Zeit fand Feeney, der Greyhound tauge nichts, und er mochte ihn nicht mehr leiden. Wenn der Greyhound, nachdem der Köter wieder etwas erlegt hatte, zu seinem Herrn kroch und seinen Kopf bei ihm in die Achselhöhle stecken wollte, gab Feeney ihm einen derben Schlag und jagte ihn fort.

Eines Sommermorgens dann, als die Steine noch vom halbverflüchtigten Tau glänzten und solch eine Frische in der stillen Luft war, daß ein jegliches Geschöpf aus reinstem Lebensüberschwang vor Freude bebte, ging Feeney über den Abhang am Coillnamhan-Fort zu seinem gewohnten luftigen Angelplatz oben auf der Klippe. Die zwei Hunde jachterten toll vor Frühmorgen-Freude über das Geröll, schnupperten an jeder Spalte, stürzten sich wie rasend auf jeden Grasschopf und taten, als habe sich ein Kaninchen darin versteckt. Und schließlich stöberte der Köter auch wirklich eins auf, zwei Feldbreit unterhalb der Klippenspitze, am Fuße des Steilhanges, der oben jäh abbrach und achtzig Meter tief senkrecht zum Meer abfiel. Der Greyhound war noch ziemlich weit von dem Kaninchen entfernt, das durch ein Loch in einer hohen Feldsteinmauer schlüpfte. Während der Köter eine niedrigere Stelle suchte, über die er hinwegspringen konnte, setzte der Greyhound über die hohe Mauer, ohne sie auch nur zu streifen, und wurde damit der erste der beiden Verfolger. Das Feld war sehr steinig, und der Greyhound fiel zweimal, weil er sich die Pfoten aufgeschnitten hatte, so daß das Kaninchen die zweite Mauer erreichen und hindurchschlüpfen konnte, ehe der Greyhound es einholte. Es war ein niedriges

Mäuerchen, und der Greyhound nahm es im Fluge und sprang dicht vor dem soeben hindurchgeschlüpften Kaninchen auf. Nun wollte das Kaninchen auf das steinige Feld zurück und huschte gerade in dem Augenblick wieder unten durch das Loch zurück, als der inzwischen auch angelangte Köter oben über das Mäuerchen sprang. Der Greyhound setzte dem Kaninchen auf dem steinigen Feld nach und zwang es abermals zur Umkehr. Der hinterlistige Köter hatte jedoch einfach abgewartet und wollte das Kaninchen packen, als es zum dritten Mal durch das Loch schlüpfte, aber seine Pfote geriet in einen Spalt, und er erwischte es nicht. Es flitzte über den Grashang und strebte dem höchsten Punkt der Klippe zu, wo es seinen Bau hatte. Der Köter lief hinter ihm drein. Der Greyhound, der nun zum dritten Mal über das Mäuerchen gesprungen war, raste winselnd und mit der Nase dicht über dem Boden den Abhang hinauf. Doch da warf Feeney seinen Korb hin und begann zu schreien.

Der Köter erkannte plötzlich den höchsten Punkt der Klippe, lief langsamer und begann zu bellen. Der Greyhound aber flog wie ein Geschoß an ihm vorbei und stieß auf das Kaninchen, als es oben auf dem Klippenrand um einen Stein und in seinen Bau einbiegen wollte. Der Greyhound jaulte dumpf auf, und das Kaninchen quiekte entsetzt, als sie beide über den Rand der Klippe und achtzig Meter tief ins Meer hinuntergewirbelt wurden. Der Köter lief an den Klippenrand und blickte nach unten. Er schnupperte und ließ die Ohren hängen. Dann begann er froh zu bellen, drehte sich im Kreis und wollte seinen Schwanz fangen.

Das schwarze Kaninchen

Ein Landedelmann erhielt während eines Besuchs in Dublin zwei Kaninchen geschenkt. Er brachte sie in einem Korb nach Hause und händigte sie der Haushälterin aus, damit sie für die Tiere sorge. Er selbst interessierte sich nicht für die Kaninchen und hatte sie nur aus Gründen der Höflichkeit angenommen.

Die Haushälterin murrte und schlug vor, daß sie entweder umgebracht oder verkauft werden sollten, und bemerkte dazu, wie schnell sich Kaninchen vermehrten und zur Plage würden; ihr Herr jedoch sagte, man dürfe sie auf keinen Fall beiseite schaffen, da er sie als Geschenk erhalten habe. Deshalb mußte die Haushälterin sie hinten im Küchengarten im Holzschuppen unterbringen.

Die Kaninchen waren noch ganz jung und erst halb ausgewachsen. Das eine hatte einen rein weißen Pelz. Das andre war so schwarz wie Ruß. Als sie im Schuppen freigelassen wurden, huschten sie in eine Ecke und versteckten jedes den Kopf unter dem Bauch des andern Tierchens, da die ungewohnte Umgebung sie erschreckte. Die Haushälterin gebot einem Jungen, ein paar Kohlblätter zu pflücken. Die Blätter wurden den Kaninchen hingeworfen und der Schuppen über Nacht zugeschlossen.

Am nächsten Morgen, als der Schuppen geöffnet

wurde, war das eine Kaninchen fort. Es hatte einen Spalt zwischen der Holzwand und dem Boden entdeckt, mit den Pfoten ein Loch gescharrt und die Freiheit erlangt. In der Nähe lagen Wälder, und die hatte es wahrscheinlich erreicht. Sie unternahmen nichts, um es wieder einzufangen, und die Haushälterin war überglücklich, da es jetzt ausgeschlossen war, daß das zurückgebliebene Kaninchen sich allein vermehren konnte. Sie verbot auch, daß das Loch wieder zugemacht wurde, denn sie hoffte, das schwarze Kaninchen würde seinem weißen Kameraden nachfolgen.

Das schwarze Kaninchen ging jedoch nicht fort. Entweder hatte es den Instinkt für die Freiheit verloren oder es war schlau genug, um zu begreifen, daß es im Schuppen sicherer als in den Wäldern war, wo es bestimmt Hunden, Wieseln oder Jägern zur Beute fallen würde. Obwohl das Loch weit offen blieb, steckte es niemals seinen Kopf hindurch. Dagegen tat es sich im Küchengarten gütlich. Sobald die Schuppentür geöffnet wurde, hoppelte es in den Garten und begann alles anzuknabbern, was darin wuchs. Keiner verscheuchte es dort, und die Haushälterin sagte, der Herr habe es sich selber zuzuschreiben, wenn für seine Tafel nicht ein einziger Selleriestengel übrigbliebe.

Und so wuchs das schwarze Kaninchen heran und war in kurzer Zeit riesengroß. Es wuchs, bis es größer als die größte Manx-Katze war. Es trug soviel glänzenden, pechschwarzen Pelz auf dem Buckel, daß man daraus einen Bettvorleger hätte machen können. Es hatte Zähne wie Rasiermesser, und seine Ohren waren so lang wie Hasenohren. Der alte Herr pflegte seine

Besucher ans Fenster der Bibliothek zu führen, das auf den Küchengarten hinausging, und zeigte ihnen dann das Kaninchen als ein interessantes Monstrum, das er geschenkt erhalten hatte.

Die Haushälterin bekam immer mehr Angst vor dem Tier; sie sagte, etwas stimme nicht mit ihm, und es werde Unglück über das Haus bringen. Es entwickelte nämlich einen erstaunlichen Verstand. Kaninchen sind vielleicht die schüchternsten und dümmsten Tiere, dieser Bursche jedoch zeigte immer tollere Charaktereigenschaften. Wenn man ihn mit einem Hund oder einer Katze verglich, so hatte er nichts Unheimliches an sich; verglich man ihn aber mit seinesgleichen, so stellte er zweifellos einen Wuchertrieb der Natur dar, eine jähe Aufwärtskurve auf dem Wege zu Vollkommenheit und göttlicher Intelligenz, ja er war dem ersten Affen vergleichbar, dem das Idealbild des Menschen vorschwebte. Und wie alle Dinge, die plötzlich anders und schöner als die große Menge werden und dadurch Haß und Furcht bei den Unwissenden hervorrufen, wurde das kluge, schöne schwarze Kaninchen zum verhaßten Feind der Haushälterin.

Es war gegen Ende des Sommers, als das Kaninchen seine volle Größe erreicht hatte und darauf verfiel, Narrenpossen zu treiben. Bis dahin hatte es sich auf die übliche Art vergnügt, hatte emsig gefressen, schoß zwischen den Pflanzen des Küchengartens herum, schlug Purzelbäume auf dem Rasenstreifen, auf den die Sonne brannte, machte Männchen und boxte mit seinen Vorderpfoten die leere Luft. Nun aber lag es vollkommen platt auf dem Boden, hatte die Ohren im

Rückenpelz vergraben und gab vor, es sei unsichtbar. Es tat, als habe es ein Geräusch gehört, und floh in der größten Eile in den Schuppen, oder es lag mit ausgestreckten Beinen auf der Seite und stellte sich tot. Dann kamen die Schmetterlinge, und ein neuer Sport begann. Dieses Spiel hatte es von einem kleinen Pudel erlernt, den die Haushälterin aus hinterlistigen Gründen in den Garten ließ.

Der Herr duldete keinerlei Haustiere in seiner Wohnung, und seine Jagdhunde lagen in einem andern Hof an der Kette. Doch die Haushälterin lud eine Freundin ein, sie zu besuchen. Die Freundin besaß einen Pudel. Sie taten den Pudel zu dem Kaninchen in den Garten und hofften, er würde das Kaninchen angreifen und umbringen oder es in den Wald jagen. Als aber der Pudel das große Kaninchen sah, fürchtete er sich und fing an zu knurren. Das Kaninchen hüpfte ihm voller Neugierde entgegen. Der Pudel zog sich langsam zurück und knurrte wieder. Plötzlich knurrte auch das Kaninchen und stürzte auf den Hund zu. Der Hund schoß heulend davon. Von nun an wußte das Kaninchen, wie man knurrt, und es vergnügte sich damit, Schmetterlinge zu jagen und anzuknurren. Es pflegte sich unter einem Kohlblatt auf die Lauer zu legen, bis ein Schmetterling in die Nähe kam. Dann sprang es hoch und knurrte. Und der Schmetterling flog fort.

Das Kaninchen wurde mit seinen Kunststücken immer dreister und raffinierter.

Als nächstes vergnügte es sich mit einer übergroßen jungen Henne, die eine besondere Krankheit hatte, durch die sie einem Truthahn ähnelte. Sie hatte ungewöhnlich lange Beine und einen runden, fetten Körper, der kaum ein Flaumfederchen aufwies. Meistens stand sie mit geschlossenen Augen da und wachte nur auf, um das Futter zu fressen, das ihr hingestellt wurde. Sie konnte weder in der Erde scharren noch wie ein gewöhnliches Huhn mit dem Schnabel in der Erde nach Nahrung suchen. Das Kaninchen fand bald heraus, wie es die Henne erschrecken und ihr das Leben verleiden konnte. Es schlich sich leise von hinten an sie heran, bis es zwischen ihren Beinen war. Dann knurrte es und sprang hoch. Die Henne kreischte los und sauste mit hängenden Flügeln rings um den Hof herum.

Durch diesen Erfolg war das Kaninchen noch waghalsiger geworden: es begann nun alles zu erschrecken, was ihm in die Quere kam. Und eines Tages, als die Haushälterin gerade ein paar Blumen für den Eßtisch ihres Herrn pflückte, versteckte es sich unter ihren Röcken und knurrte sie ebenfalls an. Sie stieß einen Schrei aus und sprang hoch. Vor Entsetzen wäre sie beinah in Ohnmacht gefallen, doch da sah sie das Kaninchen, das zum Schuppen hinüberhoppelte. Nun verschwor sie sich, daß sie diese Landplage beseitigen wolle – Herr hin oder her, Geschenk hin oder her.

Jener Teil des Landes ist wegen seiner Katzen berüchtigt. Es gibt aber kaum Hauskatzen in der dortigen Gegend, und kommt doch einmal eine hin, so verwildert sie bald. Denn die Wälder sind voll verwilderter Katzen, und wenn eine neue kommt, heulen die andern so lange vor ihrem Haus, bis sie sich zu ihnen gesellt. Im Sommer besuchen sie die Häuser niemals, da reichlich Wild vorhanden ist. Aber im Winter werden sie fast zahm, und wenn sie dürfen, leben sie sehr oft in der Nähe der Gehöfte und vertilgen die Ratten und Mäuse.

Die Haushälterin schloß mit einer dieser wilden Katzen Freundschaft und versuchte sie durch Füttern dahin zu bringen, daß sie bei ihr in der Küche blieb. Doch weil der Herbst eben erst begonnen hatte, blieb die Katze täglich nur etwa eine Stunde. Sie trank die für sie bereitgestellte Milch, wärmte sich am Küchenfenster und stob wieder fort.

Eines Tages jedoch, als die Katze auf dem Küchenfußboden saß und ihre Milch schlappte, kam das schwarze Kaninchen in die Küche gehoppelt. Es erblickte die Katze. Die Katze hob den Kopf und sah das Kaninchen. Sie betrachteten sich beide. Die Katze war grau und hatte weiße Ringelstreifen um den Leib. Sie war sehr häßlich und wild, und in ihrem langen, schmutzigen Fell hingen Klümpchen aus eingetrocknetem Lehm. Ihre Blicke huschten wie die Augen eines Verbrechers umher, der sich seinem Verfolger entziehen will. Sie sah durch und durch bösartig aus.

Das Kaninchen musterte die Katze zuerst nur flüchtig, entdeckte dann, daß sie Angst hatte, und beschloß, ihr einen Streich zu spielen. Es hüpfte langsam auf die Katze zu. Die Katze duckte sich. Je näher das Kaninchen kam, um so tiefer sank der Rücken der Katze, bis er zuletzt beinah platt war. Dann plötzlich stieg er zu einem krummen Buckel an. Die Haare sträubten sich, und sie riß den roten Rachen auf. Das Kaninchen fürchtete sich nicht die Spur, sondern hoppelte immer näher heran, bis es schließlich die Katze anknurrte und nach ihr hieb. Die Katze schrie und machte einen

Luftsprung. In der Luft schwenkte sie um und flog auf die Tür zu. Wie der Blitz war sie zur Tür hinausgeschossen. Das Kaninchen knurrte wieder und lief ihr mutwillig nach.

Die Katze ließ sich an jenem Tag nicht mehr blicken. Die Nacht brach an. Das Kaninchen ging in den Schuppen, und der Schuppen wurde über Nacht zugeschlossen. Das Kaninchen kuschelte sich auf seinem Strohlager zusammen und schlief ein.

Dann ertönte aus dem nahen Wald ein mächtiges Katzengejaule. Das Kreischen erklang hier und dort, schwoll an und wurde leiser, gerade wie die unharmonischen Klänge eines Orchesters von lauter Verrückten. Im Dunkel schweiften seltsame Lichtfunken zwischen den Bäumen umher und blitzten auf, wie nachts beim Meeresleuchten der Phosphor. Allmählich rückten die kreischenden, plärrenden Töne immer dichter zusammen, bis es ein einziges durchdringendes Gellen war. Dann brach es ab, und nun herrschte völlige Stille.

Aus dem Wald kam eine Reihe wandernder Lichter hervor, immer zwei und zwei, und von geisterhafter Farbe. Sie schwankten wie Laternen, die einen Zug von Hutzelmännchen begleiten. Die Lichter bewegten sich und hielten an und rückten dann wieder vor, bis sie den Schuppen erreicht hatten, in dem das Kaninchen schlief. Dort bildeten sie einen Kreis und rührten sich nicht mehr. Die Lichter waren Katzenaugen. Eine Armee von Katzen hatte vor dem Schuppen haltgemacht.

Eine Zeitlang blieben sie so, ruhig und lautlos. Dann schlich eine Katze langsam zu dem Loch in der Wand.

Sie schnupperte am Loch. Sie blickte ihre Kameraden an. Dreimal steckte sie den Kopf durch das Loch. Wieder blickte sie ihre Kameraden an. Ein schwacher Ton erklang, ein leises, melancholisches Grollen, und alle Katzen machten mit ihrem Körper eine schlingernde, schwankende Bewegung. Dann schlüpfte die Anführerin in das Loch und verschwand im Schuppen. Die andern Katzen taten es ihr nach, eine um die andre, unhörbar wie Gespenster, bis alle im Schuppen waren.

Ein Weilchen herrschte Totenstille. Dann quietschte es laut auf – das entsetzte Quietschen eines Kaninchens. Darauf klang es wie Huscheln und Fegen. Dann wieder Stille.

Die Stille wurde durch einen Klagegesang unterbrochen, der grimmig und giftig die Nacht zerriß und in den sich ein knirschendes Geräusch mischte, als ob Fleisch zerfetzt würde.

Als die Haushälterin am nächsten Morgen die Tür des Schuppens aufschloß, sah sie die Katzen im Kreis um das leere Fell des Kaninchens sitzen.

Furchtlos starrten die Glasaugen sie an.

Der Tod der Kuh

Das Kalb war tot geboren. Mit dem Schwanz voran kam es aus dem Mutterleib. Als sein roter, ungeschlachter Körper auf den Rasen fiel, sahen sie, daß es tot war. Es lag mit hintenübergebogenem Kopf da, ein feuchter Klumpen. Die Männer standen dabei und schüttelten stillschweigend den Kopf. Die Frau des Bauern, dem die Kuh gehörte, seufzte und sagte: »Es ist Gottes Wille.« Die Kuh stöhnte, rasend vor Schmerz. Dann drehte sie sich schwerfällig herum, und unter der Last ihres Körpers stießen die Hufe in die weiche Erde. Sie senkte den Kopf auf das Kalb herunter und ächzte und beschnupperte es wieder. Dann beleckte sie das stille Junge liebevoll mit ihrer rauhen Zunge. Die Frau kraulte die krause Stirn der Kuh, und in ihren Augen standen Tränen, denn sie war auch eine Mutter.

Dann wandte sich die Kuh, von neuem von Schmerz überwältigt, von ihrem Kalb ab und stand mit hängendem Kopf da, während sie heftig durch die Nüstern schnob. Der Atemhauch kam in langen, hellen Strahlen, wie die Sonnenleitern, die durchs Fenster einer dunklen Kirche fallen. Sie trieben sie in eine Ecke des Ackers, und dort blieb sie und hielt den Kopf müde über die Mauer und peitschte die Flanken rastlos mit dem Schwanz.

Sie packten das Kalb und schleppten es über den

Acker zum Mäuerchen, und durch das Mäuerchen über den nächsten Acker, und dann durch noch eine Mauer, und den grasbewachsenen Hang hinauf, der zum Rand der Klippe führte. Dort ließen sie es ins Meer hinunterfallen. Es lag als breiige Masse unten auf den Felsen. Sie machten die Lücken in den ungemörtelten Steinmauern wieder sorgfältig zu und kehrten zur Kuh zurück. Die Frau wollte ihr einen heißen Hafermehltrank geben, aber sie verschmähte ihn. Da hielten sie die Kuh fest und gossen ihr den Trank in die Kehle, wobei sie ein Ochsenhorn als Trichter benutzten. Halb schluckte die Kuh den Trank hinunter, halb schleuderte sie ihn mit schmatzendem Maul von sich.

Dann gingen sie nach Hause. Die Frau klagte noch immer über das tote Kalb und entschuldigte sich vor Gott, weil sie bekümmert war. Der Bauer blieb bei der Kuh und behielt sie im Auge, bis sie die Nachgeburt ausstieß. Er vergrub alles unter einem Steinhaufen. Er stieß den Absatz in den Boden, nahm eine Handvoll brauner Erde und machte das Zeichen des Kreuzes auf das Fell der Kuh. Dann ging auch er nach Hause.

Lange Zeit stand die Kuh da und lehnte den Kopf über die Mauer, bis die Schmerzen nachließen. Plötzlich drehte sie sich herum und blökte und warf den Kopf hoch. Sie rannte ein kurzes Stück vorwärts, und die Muskeln in ihren Beinen knirschten wie neue Stiefel. Sie blieb wieder stehen, weil sie um sich her auf dem Acker nichts sah. Dann begann sie, an der Mauer entlangzulaufen, und steckte hier und da den Kopf hinüber und muhte. Sie fand nichts. Nichts antwortete auf ihr Rufen. Sie wurde wilder, je klarer das Gefühl ihres

Verlusts ihr ins Bewußtsein drang. Ihre Augen wurden an den Rändern ganz rot und so wild wie die eines Bullen. Sie fing an, den Grund abzuschnüffeln, wobei sie halb lief, halb rannte und ungeschickt zwischen den Grasbüscheln herumstolperte.

Dort war die Stelle, wo sie in Wehen gelegen hatte: auf einem kleinen Hang, und das Gras war von der Last ihres Körpers noch niedergedrückt und welk. Dort hatte sie geboren, und der Boden war von vielen Füßen zertrampelt und hier und da aufgerissen, so daß die braune Erdkrume zutage trat. Dann roch sie, wo das Kalb gelegen hatte. Auf dem Grase waren feuchte Flekken. Sie blickte sich wild um, und dann stupfte sie die Nase auf den Boden und begann der Spur nachzugehen, auf der sie das Kalb zur Mauer gezerrt hatten. An der Steinmauer blieb sie stehen und schnupperte lange und fragte sich in ihrem dumpfen Sinn, wohin die Spur führe. Und dann stemmte sie sich mit ihrem ganzen Körpergewicht stumpfsinnig gegen die Mauer. Die Steine schnitten ihr in die Brust, doch vor Schreck drückte sie noch stärker, und die Mauer stürzte vor ihr zusammen. Sie stolperte durch die Lücke und riß sich die linke Flanke in der Nähe des Euters auf. Sie beachtete den Schmerz nicht, sondern stob schnaubend vorwärts, da sie die Fährte wieder wittern konnte.

Sie lief schneller, und ein paarmal hob sie den Kopf und blökte – es war ein langes, klagendes Muhen, das in einem wilden Crescendo endete – wie ein Windstoß, der um die Ecke heult. Am zweiten Mäuerchen machte sie wieder halt. Wieder stemmte sie sich dagegen, und wieder stürzte die Mauer ein. Als sie sich durch die

Lücke drängen wollte, blieb sie hängen, und im Bemühen, sich hindurchzuzwängen, riß sie sich auf beiden Seiten die Flanken auf. Das Blut rann im Zickzack herunter und verfärbte den weißen Streifen auf der linken Flanke.

In schnellem Lauf rannte sie den grasigen Hang bis zur Steilklippe hinauf. Sie schauderte zusammen und fuhr beiseite, als sie plötzlich das Meer sah und es tief unten tosen hörte – Wellen, die gegen die Felsen brandeten, und Seevögel, die trübselig ihr lärmendes Kreischen hören ließen. Verwundert witterte sie in die Luft hinaus. Dann ging sie langsam, Zoll für Zoll, zitternd vorwärts. Als sie die höchste Stelle erreicht hatte, wo das Gras in einen Felsengürtel überging, der dann vor der senkrechten Klippenwand abbrach, fuhr sie zurück und kreiste rasend umher und blökte. Wieder kam sie nach oben, stemmte die Hufe vorsichtig in den Kies und sah nach unten. Dort endete die Spur. Sie konnte sie nicht weiter verfolgen. Die Spur verlor sich in der Leere hinter dem Felsenband.

Nun versuchte sie, in der Luft etwas zu wittern, aber nichts anderes drang in ihre Nüstern als der salzige Geruch des Meeres. Sie stöhnte, und die Flanken arbeiteten unter dem heftigen Keuchen. Dann blickte sie nach unten und reckte den Kopf immer weiter vor. Da sah sie ihr Kalb unten auf dem Felsen liegen.

Sie stieß ein freudiges Gebrüll aus und lief zurück, auf der Suche nach einem Pfad, den sie hinabsteigen könnte. Sie lief am Klippenrand hin und her, roch hier und dort, blickte über den Rand hinaus, legte sich auf die Knie und sah nach unten und fand nirgends einen

Pfad, der zu dem Ding drunten auf den Felsen führte. Sie lief wieder an die Stelle zurück, von der das Kalb in den Abgrund gestoßen worden war, und sie rannte so, daß ihre Hinterbeine zusammenschlugen.

Sie reckte sich vor und stampfte mit dem Vorderhuf auf, scharrte auf dem Felsenband und versuchte hinabzusteigen, aber es war nichts da, auf das sie ihren Fuß setzen konnte – nur die senkrechte Klippenwand hundert Fuß in die Tiefe hinunter, und unten auf den Felsen lag ihr Kalb.

Sie stand lange Zeit blöde da und betrachtete es, ohne einen Muskel zu rühren. Dann muhte sie und rief ihrem Kalb, aber es kam keine Antwort. Sie sah, wie mit der steigenden Flut das Wasser näher kam und das Kalb auf den Felsen einkreiste. Sie blökte wieder und warnte es. Woge auf Woge kam heran und strudelte um das Kalb. Sie blökte und warf den Kopf auf, als wolle sie die Wellen aufs Horn nehmen.

Und dann wälzte sich eine hochgetürmte Woge heran, hob das Kalb auf und riß es vom Felsen.

Und die Kuh stieß ein lautes Gebrüll aus und sprang Hals über Kopf nach unten.

Der gestohlene Esel

Der Angeklagte, Patrick Haughy, trat in den Zeugenstand und wurde vereidigt. Gerade als er mit seiner Aussage beginnen wollte, unterbrach ihn der Bezirksrichter Murnihan:

»Was sagten Sie doch, wie Ihr Name lautet?« fragte er.

Der Angeklagte war ein sehr schlecht beleumdeter junger Kesselflicker mit rotem Haar und spitzem Kinn.

»Patrick Haughy, Euer Gnaden!« antwortete er.

»Ja, ja«, sagte der Richter, »ich meinte, wie Sie ihn buchstabieren.«

»Ach je«, erwiderte der Kesselflicker und zuckte die Achseln, »in meinem ganzen Leben hab ich noch nie meinen Namen buchstabiert!«

Der Saal brach in Gelächter aus.

Der Bezirkspolizist teilte dem Richter mit, der Name buchstabiere sich H – a – u – g – h – y.

»So?« sagte der Richter. »In dem Falle wäre die richtige Aussprache eigentlich O – hi.«

»Im allgemeinen wird's Ha–hi ausgesprochen«, erklärte der Gerichtsschreiber.

»Oder vielleicht O–chi?« gab der Richter zu bedenken. »Es gab irische Könige, die den gleichen Namen führten!«

»Euer Gnaden«, wandte der Angeklagte ein, »ich bin unter der Aussprache Ha–hi verhaftet worden!«

Erneutes Gelächter im Saal. Dann begann der Angeklagte mit seiner Aussage.

»Es war nämlich so, Euer Gnaden«, erzählte er. »Ich wollte von Kilmacshanahan nach Kilnamaramaragull gehen und hatte mein schwarzes Eselchen bei mir. Am Hinterfuß hatte es ein Hufeisen verloren, darum fing es unterwegs an zu lahmen, und da bekam ich's doch weiß Gott mit der Angst, ich könnte eingesperrt werden, wenn ich das Tier noch länger laufen ließe, denn es gibt ja so Gesetze wegen Grausamkeit an Tieren. Und da begegnete uns ein anderer Esel, der hatte eine große Schramme auf der Hinterhand, als hätte ihm jemand eins mit nem heißen Eisen versetzt, vielleicht ein Schmied oder eine böse Frau, die dazukam, wie er ihren Kohl fraß, der Arme! Also jedenfalls hab ich zu mir gesagt: ›Den will ich mir leihen und statt seiner meinen eigenen Esel hier auf der Weide lassen.‹ Verstehen Sie, Euer Gnaden, mein Esel war sehr viel besser als der andere Esel, und ich hab meinen Esel bloß dagelassen, damit ich ihn auf dem Rückweg wieder abholen konnte, den armen Hinkefuß!«

»Wo war das?« fragte der Richter.

»In Ballyfarnagaoran, Euer Gnaden!«

»Ich verstehe«, sagte der Richter. »Sie stahlen den Esel also in Bally-hm-hm-hm!«

»Nein, Euer Gnaden! Ich hab ihn nicht gestohlen!« erwiderte der Angeklagte. »Ich hab ihn mir bloß geborgt!«

Lautes Gelächter im Saal. Der Angeklagte fuhr fort:

»Ich war noch nicht sehr weit gekommen, als ich auf der Landstraße einen Mann einholte, der auch einen Esel vor sich hertrieb, ein räudiges altes Vieh. Es hatte den Kopf dicht über dem Boden hängen, und bei jedem Schritt blies es den Staub auf und hustete sich die Seele aus dem Leibe, mit Verlaub zu sagen, Euer Gnaden. Der Mann und ich, wir fingen an zu reden, und nach einer Weile schlug er mir vor, wir sollten unsre Esel tauschen, er würde mir noch fünf Shilling Handgeld geben. Ich dachte so in meinem Sinn, daß ich ja einen besseren Esel dortgelassen hätte, als ich mir einen andern Esel leihen mußte, und darum war ich so oder so der Angeschmierte, wenn ich dem Mann hier den Esel von dem Mann dort gab...«

»Was für ein Mann dort?« fragte der Richter.

»Der Mann, von dem ich mir den Esel geliehen hatte«, erklärte der Angeklagte.

»Aber haben Sie nicht vorhin behauptet, Sie hätten ihn unterwegs gefunden?«

»Ja, aber er muß doch irgendwem gehört haben, und wenn der nun...«

Hier kratzte sich der Angeklagte den Schädel, zog die Stirne kraus und machte ein sorgenvolles Gesicht.

»Was ist denn jetzt los?« fragte der Richter.

»Ach je, Euer Gnaden«, rief der Angeklagte, »jetzt bin ich ganz durcheinander, und bloß wegen dem ersten Mann und dem zweiten Mann, und dabei gehören die ja gar nicht in die Geschichte, das hab ich bloß so beispielsweise erzählt.«

»Was für einen Unsinn reden Sie sich da zusammen?« rief der Richter ärgerlich. »Wo waren wir stehengeblieben?«

Der ganze Saal brach in schallendes Gelächter aus. Der Richter verlor die Beherrschung und drohte, den

Gerichtssaal räumen zu lassen. »Wo waren wir stehengeblieben?« wiederholte er. »Aber keinen Unsinn mehr!«

»In Ballymorguttery, wo ich ihn eingeholt hab, Euer Gnaden!« erklärte der Angeklagte gelassen.

»*Wen* haben Sie in dem Dorf da eingeholt?« schnaufte der Richter.

»Es war nicht genau im Dorf, aber in der Nähe«, berichtigte der Angeklagte. »Da hab ich den Mann eingeholt, der die alte Kracke von einem Esel hatte, meine ich.«

»Lieber Himmel, was für eine verzwickte Geschichte!« rief der Richter. »Aber nur weiter!«

»Häh«, sagte der Angeklagte und wischte sich die Nase am Ärmel ab, »da hab ich mich dann von dem Mann getrennt und den Esel mitgenommen, den ich ihm abgekauft hatte, oder eigentlich den Esel, den er mir abgekauft hat. Nein, auch nicht: sondern anstatt mit meinem eigenen Esel ließ ich ihn mit dem Esel weggehen, den ich mir geborgt hatte. Er hatte mir doch die fünf Shilling Handgeld gegeben, und jedenfalls hab ich so bei mir gedacht, fünf Shilling sind fünf Shilling, und wenn der Esel nicht unterwegs verreckt, kann ich mir ja auf dem Rückweg noch immer meinen eigenen Esel holen. Aber selbst wenn ich ihm ne Blechbüchse untern Schwanz gebunden hätte – der Esel wollte sich nicht in Bewegung setzen, und nach ein paar Meilen legt er sich mir nichts, dir nichts auf die Landstraße. Ich hab ihn wieder auf die Beine gestellt, hab ihn einfach am Schwanz hochgezogen, und dann hab ich ihn noch eine Meile weitergeschleppt, bis wir nach Kilnamaramaragull kamen. Und da hab ich einen Esel auf der Weide gesehen und hab mir gesagt, den nehm ich mir und laß die arme, müde Kracke lieber auf der schönen Weide stehen! Verstehn Sie, Euer Gnaden, dadurch wäre jeder zu nem Esel gekommen, denn ich wollte ja den müden Esel auf der Weide lassen – für den ändern dort, den ich mitnehmen wollte, und den wollt ich dann nach Ballyfarnagaoran bringen, wo mein kleines schwarzes Eselchen stand, und wollte ihn dortlassen und mit meinem eigenen Esel zurück nach Kilmacshanahan gehen.«

»Moment mal«, sagte der Richter, »welchen Esel meinen Sie?«

Überall im Saal kicherte es, aber der Richter blickte sehr streng drein. Den Zigeuner ließ offenbar das Gedächtnis im Stich, denn er starrte den Richter mit offenem Munde an.

»Bitte drücken Sie sich jetzt ganz deutlich aus!« befahl der Richter. »Welchen Esel hatten Sie ... err ... ich meine, welchen Esel wollten Sie ... err ... von welchem Esel sprechen Sie eigentlich?«

»Es handelt sich um mehrere Esel!« rief der Kesselflicker und warf verzweifelt die Arme auf. »Und jetzt hab ich gar keinen Esel mehr, und ich frage Euer Gnaden, ob so was gerecht ist? Mr. Clarke hat mich verhaften lassen, als ich den Esel von der Weide geholt habe, und den alten Esel hat er in den Pfandstall gesperrt, und da ist er am nächsten Tag verreckt, und jetzt hab ich keinen Esel, den ich statt meinem eigenen auf die Weide in Ballyfarnagaoran stellen kann!«

»Aber woher sollen wir wissen, daß es Ihr Esel war?« fragte der Richter, lehnte sich vor und sah den Angeklagten listig an.

»Meinen Sie den Esel, den ich gekauft habe, Euer Gnaden?« fragte der Angeklagte.

»Nein, so was!« rief der Richter wütend, verlor wieder die Beherrschung und wandte sich an den Polizisten: »Was halten Sie von dem Burschen?«

»Ich glaube, er hatte von Anfang an keinen Esel, Sir«, erwiderte der Polizist.

»Hah!« machte der Richter. »Stimmt das, Haughy?«

»Euer Gnaden«, erklärte der Angeklagte würdevoll, »wenn Sie mir Zeit lassen, nach Ballyfarnagaoran zu gehn, dann kann ich dort mein Eselchen suchen, und morgen früh bringe ich's Ihnen als Beweisstück vor die Haustür!«

Im Saal bog sich alles vor Lachen. Der Richter konnte nichts dagegen tun. »Es liegt auf der Hand«, sagte er zum Angeklagten, »daß Sie nie im Leben einen Esel besaßen und die Geschichte mit all den Eseln nur zusammengebraut haben, um den Gerichtshof irrezuführen! Ich verurteile Sie zu zwei Wochen Schwerarbeit – ohne Anspruch auf Umwandlung in eine Geldstrafe!«

»Besten Dank, Euer Gnaden!« grinste der Angeklagte.

Liam O'Flaherty im Diogenes Verlag

Zornige grüne Insel
Roman. Deutsch von Hubert Roch
Diogenes Evergreens

Ich ging nach Rußland
Reisebericht. Deutsch von Heinrich Hauser
detebe 20016

Armut und Reichtum
Erzählungen. Deutsch von Elisabeth Schnack
detebe 20232

Der Denunziant
Roman. Deutsch von H. Hauser
detebe 21191

detebe-Anthologien

Chinesisches Novellenbuch
Herausgegeben von Jan Tschichold. Mit einer literarischen Notiz und Anmerkungen von Eduard Grisebach sowie einem Nachwort von Jan Tschichold. Deutsch von Eduard Grisebach. detebe 21177

Das Diogenes Lesebuch klassischer deutscher Erzähler
Erzählungen von den Brüdern Grimm, Georg Büchner, Wilhelm Busch, Joseph von Eichendorff, Friedrich de la Motte Fouqué, Johann Wolfgang von Goethe, Jeremias Gotthelf, Wilhelm Hauff, Friedrich Hebbel, Johann Peter Hebel, Heinrich Heine, E.T.A. Hoffmann, Gottfried Keller, Heinrich von Kleist, Conrad Ferdinand Meyer, Eduard Mörike, Jean Paul und Christoph Martin Wieland. 3 Bände. Herausgegeben von Christian Strich und Gerd Haffmans
detebe 20727, 20728, 20669

Das Diogenes Lesebuch moderner deutscher Erzähler
Erzählungen von Alfred Andersch, Gottfried Benn, Rainer Brambach, Bertolt Brecht, Heinrich Böll, Manfred von Conta, Hugo Dittberner, Friedrich Dürrenmatt, Herbert Eisenreich, Hans Jürgen Fröhlich, Heidi Frommann, Franz Fühmann, Hermann Hesse, Wolfgang Hildesheimer, Otto Jägersberg, Franz Kafka, Erich Kästner, Hermann Kinder, Jürgen Lodemann, Heinrich Mann, Thomas Mann, Fanny Morweiser, Robert Musil, Walter E. Richartz, Herbert Rosendorfer, Joseph Roth, Arno Schmidt, Hermann Harry Schmitz, Arthur Schnitzler, Ludwig Thoma, B. Traven, Kurt Tucholsky, Walter Vogt, Martin Walser, Robert Walser, Frank Wedekind, Urs Widmer, Hans Wollschläger und Stefan Zweig. 2 Bände. Herausgegeben von Christian Strich und Gerd Haffmans. detebe 20782 und 20776

Das Diogenes Lesebuch amerikanischer Erzähler
Erzählungen von Sherwood Anderson, Ambrose Bierce, Ray Bradbury, Harold Brodkey, Erskine Caldwell, Raymond Chandler, Stephen Crane, William Faulkner, F. Scott Fitzgerald, Dashiell Hammett, Bret Harte, Nathaniel Hawthorne, Ernest Hemingway, O. Henry, Patricia Highsmith, Washington Irving, Ring Lardner, Jack London, Carson McCullers, Herman Melville, Dorothy Parker, Edgar A. Poe, K. A. Porter und Mark Twain. Herausgegeben von Gerd Haffmans. detebe 20271

Das Diogenes Lesebuch englischer Erzähler
Erzählungen von John Buchan, G. K. Chesterton, Agatha Christie, Wilkie Collins, Joseph Conrad, Rudyard Kipling, D. H. Lawrence, Doris Lessing, Katherine Mansfield, Walter de la Mare, W. S. Maugham, George Orwell, William Plomer, Saki, Alan Sillitoe, Muriel Spark, R. L. Stevenson und H. G. Wells. Herausgegeben von Gerd Haffmans. detebe 20272

Das Diogenes Lesebuch irischer Erzähler
Erzählungen von Lord Dunsany, Brian Friel, James Joyce, J. S. Le Fanu, John Montague, George Moore, Edna O'Brien, Sean O'Casey, Frank O'Connor, Sean O'Faolain, Liam O'Flaherty und Oscar Wilde. Herausgegeben von Gerd Haffmans. detebe 20273

Das Diogenes Lesebuch französischer Erzähler
Erzählungen von Stendhal, Honoré de Balzac, Prosper Mérimée, Charles Baudelaire, Gustave Flaubert, Jules Verne, Villiers de l'Isle-Adam, Emile Zola, Guy de Maupassant, Charles Ferdinand Ramuz, Marcel Aymé und Georges Simenon. Herausgegeben von Anne Schmucke und Gerda Lheureux. detebe 20304

Gespenster
Die besten Gespenstergeschichten aus England von Daniel Defoe, Edward Bulwer-Lytton, Wilkie Collins, W.W. Jacobs, E.F. Benson, Richard Middleton, W.F. Harvey, Enid Bagnold, A.J. Alan, Mary Hottinger, Elizabeth Bowen, Algernon Blackwood, Daphne du Maurier und M.R. James. Herausgegeben von Mary Hottinger
detebe 20497

Mehr Gespenster
Die besten Gespenstergeschichten aus England, Schottland und Irland von George Mackay Brown, H.G. Wells, Rudyard Kipling, William F. Harvey, Sheridan Le Fanu, Ambrose Bierce, Saki, Andrew Lang, Forbes

Bramble, James Allan Ford, Angus Wolfe Murray, Iain Crichton Smith, Fred Urquhart, John McGahern, Brian Moore, Terence de Vere White. Herausgegeben von Mary Hottinger. detebe 21027

Russische Kriminalgeschichten
von Michail Lermontow, Iwan Turgenjew, Pawel Melnikow, Fjodor Dostojewskij, Nikolaj Lesskow, Michail Saltykow-Stschedrin, Anton Tschechow, Michail Kusmin, Valerij Brjussow und Wenjamin Kawerin. Auswahl, Übersetzung und Nachwort von Johannes von Guenther. detebe 21127

Moderne deutsche Liebesgedichte
von Alfred Andersch, Ingeborg Bachmann, Konrad Bayer, Hans Bender, Gottfried Benn, Rainer Brambach, Bertolt Brecht, Paul Celan, Hans Magnus Enzensberger, Stefan George, Günter Grass, Georg Heym, Walter Höllerer, Hugo von Hofmannsthal, Erich Kästner, Karl Krolow, Michael Krüger, Reiner Kunze, Else Lasker-Schüler, Christian Morgenstern, Heinz Piontek, Rainer Maria Rilke, Joachim Ringelnatz, Peter Rühmkorf, Georg Trakl, Robert Walser und vielen anderen Dichtern der Gegenwart. Herausgegeben von Rainer Brambach
detebe 20777

Liebesgeschichten aus Deutschland
von Christoph Martin Wieland, Goethe, Johann Peter Hebel, E. T. A. Hoffmann, Heinrich von Kleist, Joseph von Eichendorff, Heinrich Heine, Frank Wedekind, Heinrich Mann, Thomas Mann, Hermann Hesse, Bertolt Brecht, Arno Schmidt, Alfred Andersch, Heinrich Böll, W. E. Richartz, Otto Jägersberg u.v.a. Herausgegeben von Christian Strich und Fritz Eicken. detebe 21122

Liebesgeschichten aus England
von R.L. Stevenson, Oscar Wilde, Joseph Conrad, Rudyard Kipling, William Somerset Maugham, Virginia Woolf, D.H. Lawrence, Clemence Dane, Katherine Mansfield, Muriel Spark und Alan Silitoe. Herausgegeben von William Matheson. detebe 21204

Liebesgeschichten aus Irland
von G. B. Shaw, George Moore, Lord Dunsany, Liam O'Flaherty, Frank O'Connor, Sean O'Faolain, Elizabeth Bowen, Brian MacMahon, Edna O'Brien, Brian Friel, John Montague u.v.a. Herausgegeben und übersetzt von Elisabeth Schnack. detebe 20629

Liebesgeschichten aus Italien
von Giovanni Boccaccio, Matteo Bandello, Francesco Maria Molza, Giustiniano Nelli, Liberale Motense, Pietro Fortini, Giovanni Battista Giraldi, Giambattista Basile, Giovanni Verga, Edmondo de Amicis, Giovanni Pascoli, Italo Svevo, Gabriele d'Annunzio, Luigi Pirandello, Giuseppe Tomasi di Lampedusa, Mario Soldati, Alberto Moravia, Cesare Pavese, Italo Calvino. Herausgegeben von William Matheson
detebe 21202

Liebesgeschichten aus Österreich
von Adalbert Stifter, Marie von Ebner-Eschenbach, Arthur Schnitzler, Hugo von Hofmannsthal, Stefan Zweig, Hermann Broch, Albert Paris Gütersloh, Franz Werfel, Joseph Roth, Heimito von Doderer u.v.a. Herausgegeben von Maria und Herbert Eisenreich. detebe 21123

Liebsgeschichten aus Rußland
von Alexander Puschkin, Nikolai Gogol, Michail Lermontow, Iwan Turgenjew, Fjodor Dostojewskij, Nikolai Lesskow, Anton Tschechow, Iwan Bunin, Konstantin Paustowskij u.v.a. Herausgegeben und übersetzt von Johannes von Guenther. detebe 21013

Liebesgeschichten aus der Schweiz
von Jeremias Gotthelf, Rodolphe Töpffer, Gottfried Keller, C. F. Meyer, Heinrich Zschokke, C. F. Ramuz, Maurice Sandoz, Robert Walser, Friedrich Dürrenmatt, Max Frisch, Rainer Brambach, Urs Widmer u.v.a. Herausgegeben von Christian Strich und Tobias Inderbitzin. detebe 21124

Liebesgeschichten aus Spanien
von Miguel de Cervantes Saavedra, Pedro A. de Alarcón, Clarín, Miguel de Unamuno, Ramón Pérez de Ayala, Juan Antonio de Zunzunegui, Francisco Ayala, Medardo Fraile, Ana Maria Matute. Herausgegeben von Christine Haffmans. detebe 21203

Ein Panorama europäischen Geistes
Texte aus drei Jahrtausenden, ausgewählt und vorgestellt von Ludwig Marcuse. Mit einem Vorwort von Gerhard Szczesny
I. Von Diogenes bis Plotin
II. Von Augustinus bis Hegel
III. Von Karl Marx bis Thomas Mann
detebe 21160–21162

Science-Fiction-Geschichten des Golden Age
von Poul Anderson, Isaac Asimov, James Blish, Ray Bradbury, John Christopher, Arthur C. Clarke, Robert A. Heinlein, J. T. McIntosh, Walter M. Miller, Alan E. Nourse, Clifford D. Simak. Herausgegeben von Peter Naujack. detebe 21048

Klassische Science-Fiction-Geschichten
von Ambrose Bierce, Arthur Conan Doyle, Francis Scott Fitzgerald, E. M. Forster, Egon Friedell, Nathaniel Hawthorne, E. T. A. Hoffmann, Washington Irving, Kurd Laßwitz, Lukian, André Maurois, Edgar Allan Poe, Maurice Renard, J. H. Rosny Aîné, Paul Scheerbart, Hermann Harry Schmitz, Jules Verne, Voltaire, H. G. Wells. Herausgegeben von William Matheson. detebe 21049

Neues deutsches Theater
Stücke von Wolfgang Bauer, Bazon Brock, Wolfgang Deichsel, Rainer Werner Faßbinder, Barbara Frischmuth, Hans-Jürgen Fröhlich, Peter Handke, Heinrich Henkel, Ernst Jandl, Gerhard Kelling, Renke Korn, Franz Xaver Kroetz, Peter Matejka, W. E. Richartz, Herbert Rosendorfer, Gerhard Rühm, Harald Sommer, Heinrich Wiesner, Wolf Wondratschek, Konrad Wünsche und Jochen Ziem. Herausgegeben von Karlheinz Braun und Peter Iden. detebe 20018

Weltuntergangsgeschichten
von Alfred Andersch, Ray Bradbury, Fredric Brown, Friedrich Dürrenmatt, David Ely, Edgar A. Poe, Arno Schmidt, Jules Verne, Robert Walser, H. G. Wells. Mit Zeichnungen von Gustave Doré, Albrecht Dürer, Férat/Barbant, Paul Flora, Edward Gorey, Horst Hussel, Alfred Kubin, Roland Topor. Kompiliert vom Diogenes-Katastrophen-Kollektiv. detebe 20806